小説　会計監査

細 野 康 弘

幻冬舎文庫

小説　会計監査

目　次

プロローグ　7
第一章　ムトーボウ事件　19
第二章　ＡＢＣ銀行消滅　67
第三章　大日本郵便公社民営化　113
第四章　月光証券会計不正スキャンダル　183
エピローグ　243
注　252
文庫版あとがき　275
解説　坂口孝則　280

プロローグ

会計士のリスク

公認会計士・勝舜一は平成一八年五月三一日、役職定年になった。国内最大手の監査法人であるセントラル監査法人（注1）に入所して三八年になっていた。

セントラルの役職は三年任期で改選していた。このため、役職改訂年時に、法人の定年六五歳までの年限が三年に満たない者は、役職に就かない決まりになっていた。

役職改訂年の平成一八年、勝も六三歳になった。法人の定年まで二年を切った勝は、議長を務めていた評議員会（注2）の委員、子会社三社の社長などを退任した。

いわれて知ったのだが、セントラルの歴史の中で、勝は役職定年に無事に到達した第一号なのだそうである。多くの勝の先輩たちは、家庭の事情や病気や、近年すこぶる多くなった業務上の事故に遭遇し、役職定年の前に皆、役職を降り、姿を消していた。

勝は四〇歳代で、これで死ぬのかと覚悟したほどの大病をしたし、監査リスクの高い有名なクライアントを幾つも担当して、幾度か眠れぬ夜を過ごした。それでも、幸運であったのであろう、なんとか危機を乗り越えてきた。

あるクライアント案件では、毎週のようにその会社の社長と、

「これをなさると、あなたは監獄へ行きます。これを認めると私も監獄へ行くことになるでしょう」

などと、ぎりぎりの協議を続けた。

そのクライアントが倒産した時、誰も監獄へ行くことなどにならなかった。債権回収問題で訴訟が起こり、それを担当した地裁の判事は、参考人に呼んだ勝に、財務諸表開示上には問題はないといった。そのうえで、全子会社が連結に取り込んであったこと、簿外債務（注3）が全く無かったことを、

「すばらしい」

と褒めてくれた。

勝は、裁判官が会計をよく理解していることを知って、驚いたのを覚えている。

それにしても会計士業務は恐ろしい職業になった。職業上のリスクに対する鋭敏な感覚がないと生き残れない。処罰対象にならない程度に怖い目に遭うことは、会計士が職業上の感覚を育てるのにはとても役に立つ。勝はたくさんの恐ろしい目に遭ったが、時の経営者にで

はなく、あるべきその会社のためを思い、知恵も出して対応してきた。

辞職願

勝はその前年の平成一七年一二月末に、「役職定年を機に、法人への役立ちを終えたと考えるので」との理由で、パートナー（注4）の辞職願を出していた。

勝は本気で「役立ち」は終わったと考えていた。勝はこの計画を役職定年になる三年前に決意し、これに合わせて、担当会社をゼロにする準備をしてきた。

勝が辞職願を出した動機の一つは、この組織が露骨に年寄りを必要としていないのだということを示し始めたことにあった。社内のどんな会議でもいつの間にか、勝が最年長者になっていた。

しかしそれよりも、会計監査の手法がすっかり変わり、「リスク・アプローチ」といって、財務諸表監査上でリスクのありそうなところのみを、集中的に検証する方法が導入されたことが大きかった。

この方法は主に、監査費用の増加を抑制するために考案されたが、この方法ではリスクが少ないと推測した部分を、全く見ないのである。

それでは監査の役立ちが減ってしまうと、勝は感じた。勝には、この新しい監査手法はどう考えても監査とは思えない。

このアプローチでは、事業上のリスクのありそうな箇所の特定がまず初めに行われる。この特定が見当はずれにされると監査は失敗である。この特定に際しては、性悪説に立ち、会社経営者は虚偽、不正をするものと考える。「懐疑心ある監査」と上品そうな表現ではあるが、本音は「クライアント経営者を疑ってかかれ」ということが基本となる。

そのように顧客を疑うことを基本とした職業など、勝はできないと感じた。

親しくしている新聞記者からも、

「勝さんの時代は終わりましたね」

といわれた。

辞職願を出し、勝のその決意は固いものであった。

しかし、役職定年になった平成一八年五月三一日、辞職の手続きは処理されずに止められることになった。

「ムトーボウ事件でセントラルが精神的に打撃を受けているこんな時期に、勝さんが辞職しては、郵便公社監査の入札や、パートナー、スタッフへの影響が懸念される」

ためであった。

セントラル監査法人はそのころ、ムトーボウ大粉飾事件に関係してしまい大苦境に陥っていた。ムトーボウ事件の裁判は迅速に進行していて、平成一八年七月初めに求刑され、八月には判決が出ることになっていた。

そしてこんな渦中で、セントラルが五年前に合併した外資系赤坂監査法人の旧パートナーたちが、

「事件を起こしたのは国内系」

といって、米国会計法人ＫｋＬと組んでセントラルからの分離独立を策してもいた。

彼らは、口ではパートナーシップの精神の重要さを折あるごとにいい立てていたのだが、その精神の欠片《かけら》も無い行動であった。国内系パートナーたちは、反乱を起こした者たちの処分すらもできず、ただおろおろするばかりであった。

ムトーボウ・ショックで、セントラル監査法人の組織としてのたがは全く緩んでしまっていた。

会計士監査の目的

勝の評議員会議長の部屋は、北西に面しており、三二階ということで関東平野が遠くまで

見渡せた。新宿新都心のビル街が少し先のところに眺められた。窓の真下には、総理大臣官邸が、その右に議員会館が続き、そして、道路を挟み国会議事堂が見えた。総理官邸の後ろには当時、キャピトル東急ホテルがあった。かつては東京ヒルトンホテルといい、勝と妻多美子が結婚披露宴を行ったところである。

勝はデスクに頬杖を突き、遠くを眺めていた。思いは複雑であった。会計士監査（注5）とは何だろう、パートナーシップとは何だろうと考えていた。

勝が会計士を目指して勉強した監査論のテキストは、もう随分前に亡くなったが早稲田大学の日下部與市教授の『新訂版　会計監査詳説』（注6）であった。その中の監査の目的の項に、批判的機能と指導的機能について書かれていた。まだ、不正発見機能は、会計士監査の役割として求められてはいなかった。

当時においても、経営者の中には、己が利益だけを考えるワルがいたし、従業員による使い込みなどの不正も起こっていた。しかし、不正の発見は会計士の守備範囲ではなく、取締役会の仕事と考えられていた。

ときたま粉飾事件も起こってはいた。しかしそれも例えば、法的処置の準備が整うまでの間、何とか会社を存続させようなどと望んでの単純なものがほとんどであった。経営者だけが利益を得ることを目的としたものはめったになかった。売り抜けて稼ぐストック・オプション（注7）などは、まだ制度として存在していなかった。

勝はクライアントの経営に役立つことを通して、社会にも役立つ仕事であると会計士業務を理解して、この職業へ入ってきた。

その後、社会が、カネこそ全ての米国流になり、不正事件が大型化し、手法も多種多様化してきた。株式や土地がらみで、ヤクザなどワルの第三者が入り込み、発生することは複雑になり、頻発するようにもなった。会計の操作でも悪知恵で工夫の限りがされて、ＩＰＯ（株式公開）では正規でない大金が動くようにもなった。

ゲームのごとく平気に不正をする若い経営者も多くなった。ＩＴ関連の業界では、ため息が出るほどにあきれる事件も起こっていた。

だからといって、口に出して、

「クライアント経営者を疑え！」

はないだろうと、勝は感じていた。疑うことを基本としては、そんな職業は成り立たないと思っていた。疑わなくてはできないのなら、初めから監査契約などをしないことだと考えていた。

勝にとって会計士監査は、会計士と経営者の信頼関係を基盤として、

「会社経営者が営業結果を財務諸表に表現したものに対し、その通りであるか否かについて会計士が意見を述べること」

で、併せてその検証の過程で、

「経営目的に役立つ改善事項などを発見したら、経営者に伝えること」

を目的としていたのである。

社会の道義がどんどん崩れ、正直な経営者も悪に染まることがあるかもしれない。疑うことが必要になってしまうかもしれない。でもそうなったら、そんな職業はしたくないと勝は考えていた。短い一生をそんなことにかかずらわって生きて行きたくないと、考えていたのである。

パートナーシップ

もう一つの心に懸かることに、「パートナーシップとは何だったろうか」ということがあった。勝の属しているセントラル監査法人は、パートナーシップの組織であった。

パートナーシップとはどうやら、人体での各器官間での関係のようなものと考えるべきなのだろうと、勝は思い付いた。足は、歩くだけのことを考えていればよい訳ではない。手がどうなっていても関係ないでは済まされない。手が切断されれば、足も困る。体の各器官が依存し合っているのと同じように、パートナーシップの構成員も皆、深い相互依存関係にあるのである。「俺には関係ない」はありえないのだ。

それぞれのパーツが機能を全力で果たすことは、当然である。その状態にそれぞれがあることに関心を持ち合うことも、全力を果たすことに含まれるということである。

そう考えた時、勝は、いままで自分が、担当会社に全力を尽くしていればそれでよしとしていたことに、はたと気付いた。勝の場合、自分は万全と思い上がり、自分の担当までだけが自分の職分と思い込んでいた。

ムトーボウの業績はすこぶる悪かったのであるから、自分の担当でなくとも、関心を注ぐべきであったのだ。そうすれば、見えてくることがあったかもしれない。足を引きずっているのが見えたかもしれないのだ。

勝たちは、パートナー相互の信頼関係を基本としながらも、業務の面ではもっとお互いに立ち入るべきであったのだ。

セントラルではこれまでに、実施された業務の質を、何重にも制度としてチェックする手続きをかませてはきた。だが、さらに厳格に、構成員の行っている業務の質の状況、その構成員の状態に関心を持ち、注目し続ける機能を果たす組織を作るべきであった。

セントラルの構成員である勝たちパートナーには、パートナーシップを機能させるさらなる工夫が足らなかった。その結果がムトーボウ事件であったのだ。

その後、勝は人事担当理事に、

「もうよいでしょう。退任の手続きをしてほしい」

旨をメールした。

「そのように図ろう」

との返答が来た。

勝のセントラルでの生活は、こうして終わった。勝の脳裏を三八年の監査法人生活での様々なことが去来した。

だがその時は、その翌年に、愛したセントラル監査法人そのものがなくなってしまおうとは、想像だにできなかった。

監査法人解散

勝が退職した翌年の平成一九年七月三一日、セントラル監査法人は、世間の「ダメ監査法人だ」との大合唱に翻弄しつくされて、ついに解散した。三〇〇〇人以上の社員・スタッフを抱えた巨大監査法人の三九年の歴史のあっけない幕切れであった。

　翌日の解散を伝える小さな新聞記事を読みながら、勝舜一の頬を一筋の涙が伝い落ちた。その記事の終わりには付け足し的に、金融庁は月光証券の会計監査人としての監査上の責任を問わないことにしたと書かれていた。

　また当局に嵌《は》められて、とうとうここまで追い詰められてしまったと勝は臍《ほぞ》をかんだ。北九州銀行破綻、ＡＢＣ銀行消滅、ムトーボウ事件、大日本郵便公社監査応札、月光証券会計不正スキャンダル……。世間に取り沙汰された数々の事件のことが思い起こされた。

第一章　ムトーボウ事件

強制捜査

平成一七年七月最終週の金曜日の一一時に、セントラル監査法人を大日本郵便公社（郵便公社）第三期事業年度会計監査人に再選任した旨の連絡が、郵便省郵便政策局から監査チーム総括担当の吉川亮二の携帯電話にあった。

そして、選任通知文書がファックスで送られて来た。吉川はすぐに監査部部長の勝に知らせるために探したが、勝は社外の会議に出席していて、携帯電話は留守電であった。

勝は社外での会議後、郵便公社にある会計監査人室に戻って再選任されたことを知った。執務室の机の上に、選任した旨の文書のファックスが置かれていた。

この当時、ムトーボウ事件の記事が連日報道されていた。セントラル監査法人への強制捜査も必至などと新聞紙面を賑わせていた。この影響を考えると勝は、選考結果に絶対の自信は持てなかった。

選任通知のファックスを見て、勝は危なかったと心底身震いした。

勝は、郵便公社の監査現場にいるスタッフへ、

「事務所へ帰るよ」

と告げて、歩いてセントラルへ帰ることにした。

北の空には積乱雲が伸び上がっているのが見える、とても暑い昼下がりであった。信号を待ち、一ブロックを歩くたびに、汗が噴き出てきた。それでも、上着を脱ぎ、ネクタイをはずし、勝は足早に歩いた。一五分ほどでセントラル監査法人のあるビルに着き、汗を拭きつつ勝の部屋のある三二階へ上がった。

三二階は異様な雰囲気に包まれていた。

勝を見付けた秘書の徳山暁子が近付いて、口早に、

「東京地検の特捜部です。ムトーボウの強制捜査です。先生のお部屋はまだ始まっていませんが、全部やるそうです」

と告げた。

勝は、

「ありがとう」

といって、

「そういえば今日は大安だ。新聞の予告の通りだ」

と思いながら、自室へ急いだ。

勝の部屋の隣は、前理事長・松井広志の執務室である。ドアを開けたままの部屋の中で、

銀地に黒で「P・P・O（注8）」と記されたプレートを首から提げた若者が二人、絨毯で胡坐《あぐら》になって、書類の仕分けをしていた。

口からは、立て続けに、

「押収。押収」

との声が漏れ続いていた。

勝は部屋に入り、すぐに吉川のデスクへ電話をした。

電話に出た吉川へ、

「おめでとう。お疲れ様でした。再選任のお祝いだ。飲みに行こう。五時半にエレベータ・ホールに集合だ。皆に伝えて」

と大声でいった。隣で作業をしている東京地検の若者に聞こえるように、ことさらに大声をあげた。

それを聞いた徳山が、

「部屋の主は立ち会うように求められているのですが」

と、おずおずとささやいた。

ムトーボウ監査の担当部と、関係のあった金融部の全パートナー、マネージャーは禁足となり、それが解かれたのは深夜一二時近かったそうである。

勝は、また大声に、

「この部屋にはムトーボウ関連の書類は全く無いよ。あったら何を持って行ってくれてもかまわないから。頼むね。今日は大勝利の祝いだ。徳山さんも一緒だといいのだけど、今日は駄目そうだ。後をよろしくね」

といった。

何本か電話をしてから、

「じゃーね」

と、またことさら声高にしゃべり、部屋を後にした。

隣では、書類をうずたかく積み上げて、作業がまだ続いていた。特捜部の若者が勝を見たようであったが、何もいわなかった。

翌日の朝刊は、この強制捜査を大きく扱っていた。

新聞に手を出さない勝を見て、妻の多美子が、

「ついに来たわね」

とだけつぶやいた。勝はこの日からしばらくの間、新聞を全く見なくなった。

その間に、粉飾事件に共謀したとして、セントラル監査法人の会計士四人が逮捕されたのである。

三禄会《さぶろく》

勝は昭和三六年に都立高等学校を卒業した。

高校ではテニス部に属し、七人の同期男子生徒がいた。当時の皇太子が軽井沢のテニスコートで、後に皇后になる女性を見染めたということで、テニス部に女子生徒部員が急に増えた時期であった。ラケットを胸に抱えて、登校してくる女子生徒の姿は、かわいらしいものであったが、コートでは様になっていない。丸刈り坊主頭の七人の男子生徒にとっては、女子生徒が気にはなるものの、

「真面目に練習をしろ」

などと、あまり歓迎する素振りはしなかった。

こんな中で、七人は三年生になっても、大学受験勉強をしながら、部活動に打ち込んだ。そして、この七人は卒業して、それぞれ異なった大学、専門分野へと進学した。

勝は四〇歳代後半のころに大病をし、二カ月の休職で復活を果たした。その時に、自然と意見が一致し、そろそろ定期的に集まることにするかということになって、六〇歳代の今日までその集まりは続いてきた。

場所は二〇年近く同じで、渋谷にある小料理屋「喜世半《きよはん》」である。大学時代に勝が属した、理論経済学のゼミの指導教官・大熊一郎教授の馴染みの店で、ゼミの集会はいつもその店であった。

ときたま学生だけで行くと、

「いつも腹空かしなのだから」

といいながら女将《おかみ》は、

「出世払いよ」

などと手際よく、ボリュームのある料理を出してくれた。当時の女将はいまでも健在だが既に引退し、この女将の娘・加世がこの店を引き継ぎ経営している。娘といっても勝たちと同年輩だ。料理の腕は母親よりもよいようだ。

隔月第三木曜日に、二階の奥の座敷の予約がしてある。ときたま先代女将が挨拶にだけ出ることがある。八〇歳代の後半のはずだ。着物を着、帯を締めると精神がシャキリとするといっている。背筋はすっきりと伸びている。

「勝さんもご立派になられて。大熊先生がご存命だったら、『相変わらず酒は弱いが、雰囲気は頼もしくなった』と、きっと喜ばれましたでしょうに」

などとお愛想を忘れない。

この会の名は、昭和三六年の高校卒業なので「三六会《さぶろく》」、もじって「三禄会」と命名してある。勝が万年幹事を務めている。

その勝舜一は、東慶大学経済学部へ進み、公認会計士になり、その後大学院修士課程で会計学を学び、会計士現場に戻った。以来、金融業を中心とした産業の会計監査に従事してきた。日本経済の成長につれて就職したセントラル監査法人も発展し、今日に至っている。歩くことが趣味で、スペインの巡礼の道「サンティアゴ・デ・コンポステーラ」八三〇キロを分割して、五年間かけて昨年歩ききっている。「監査は知力でなく体力」が口癖である。

大山健一郎は、大学の法学部時代に、公務員上級試験を受けて大蔵省に入り、最後は財務官を務めた後、政府系金融機関に転出し、現在は財団法人国際海洋経済研究所理事長を務めている。中学生の時に、ジュール・ベルヌの海洋小説『十五少年漂流記』を読んで以来、帆船の大ファンになり、いまではその道での権威になっている。五〇歳代でバーク型帆船（注9）のマスト登りをして世間を驚かせたのは、まだ記憶されている。

石黒太平は、大学卒業後、やまと銀行に就職し、バブル時代に海外にいたことが幸いして、現在はフィナンシャルグループ、やまと・ホールディングス会長をしている。石黒のソブリン融資（注10）理論は、わが国のＯＤＡ（注11）政策に大きな影響を与えているといわれている。

高井琢磨は、大山健一郎と同じく大蔵省に入ったが、数年して母校の大学院へ戻り、研究者の道に進み、現在は東慶大学大学院で社会経済学の教授をしている。一時は政府のいろいろな審議会などの常連メンバーであった。高井の平成一七年の著書『金融センターの存亡』は国内で幾つもの学術賞を受賞し、英語、仏語にも翻訳され、海外でも大きな評判を得ている。

大川弘夫は、東慶大学商学部を卒業後、商社を経て父親が創業した大型スーパーマーケット会社（GMS）に入社し、現在では、大流通グループに成長しているオーカワ・ホールディングス会長である。大川の誠実・堅実をモットーにした経営手法は、オーカワに流通産業一の高収益を上げ続けさせている。社交ダンスが趣味で、ダンス教師の資格を取ったほどに打ち込んでいる。

安井赳夫は、就職した石油会社で海外を飛びまわっている時に、衆議院議員であった父が急逝し、いやいやながら選挙地盤を継ぎ、八期目の衆議院議員を務めている。安井のいつも筋を通す政治行動は、若い時に薫陶を受けた中村天風《てんぷう》（注12）の影響だと語られていて、与党内で評価されながらも煙たがられている。

西本純は、医学部に進み、大学院修了後、長年米国で修業をして脳外科の権威となり、帰国後、母校の東亜大学病院に迎えられている。西本はいままでは「マジシャン」「御仏の手」

などと呼ばれ、世界中から緊急手術の依頼が飛び込み、彼の関係する手術処置は年間三〇〇件を超えている。

三禄会では、輪番でテーマを決め話がされる。このメンバーに対しては、かなり専門的な高度の内容のものでも気にせずに扱うことができる。数回先までのテーマが決められていて、その概要が講師の簡単なガイダンスと共にあらかじめ示されている。したがって、必要な場合には、それぞれのメンバーはこのガイダンスを頼りに軽く、テーマの予習準備をして来ることができる。

話を聞き、一渡り議論をすると酒になる。店は、皆の食事の好みを十分に知っている。それを適度な分量出してくれる。

酒が一番弱いと先代女将のいう勝も少しは飲めるし、食い気はいまだに旺盛である。六時に始まり、一〇時前にはお開きになる。

七人にとって、心おきない三禄会は命の洗濯の場である。

ムトーボウ事件の概要

平成一八年四月の三禄会例会は、皆の要望で、予定されていた「大日本郵便公社の民営化問題」のテーマに替えて、臨時に勝が「ムトーボウ事件の概要」を話すことになった。

メンバー皆の、「勝のセントラルは大丈夫か？　愚痴を聞いてやろう」という気持ちからであった。

勝はムトーボウ事件についてほとんど何も知らされていなかったので、新聞記事を集め、読みたくない気持ちを抑えて詳細に読み、たくさんの不明確な内容の部分については推測して、資料を作った。資料の行間には仮説を埋めて、説明を試みなくてはならなかった。

そうした作業を進めながら改めて、監査品質管理が担当ではないとはいえ、こんな大問題になる案件について何も知らなかった自分に気付き、恥じた。こんな大事件になってしまう案件なのに何たることとの思いであった。

勝が話を始めた。

「ムトーボウは、明治時代創業の『武藤紡績』の後裔《こうえい》で、明治から戦後まで継続会社として存続した数少ない会社の一社である。

事業は繊維から始まり、経営を多角化したので社名を変えて今日に至っている。日本の会社の中で、名門中の名門といってよい会社だろう。

事件当時の収益構成は、繊維四〇％、化粧品四〇％、薬品などその他二〇％で、利益の足を引っ張り続けてきた繊維部門を、縮小する事業見直しを続けてきていた。だから有名会社の割に売上高は小さくなっていて、連結ベースで五〇〇〇億円強だった。

売上総利益率は化粧品の原価率が低いので非常に高く、五〇％を超えていた。公表利益は変動幅が大きいので平均をいっても意味がないが、近年は一〇億円以下、総資産は五〇〇〇億円台の中位であった。

ここしばらく現金配当はしておらず、過去においてはときたまの株配（注13）だけをしていた。株価は一〇〇円を少し超えた水準を推移していたね。ストック・オプションなど当然に発行していない。

役所からは人が来ておらず、メーン銀行の三友《みつとも》から経理担当役員ほか数人が継続して来ていた。典型的な三友の銀行管理会社になっていたということかな。

三友の直接融資残高は一二〇〇億円ほどだったが、このほかに金融機関全体で関係会社へこれも一二〇〇億円ほどの支払保証をしている。その中には三友分がかなりあったはずだけど、銀行別内訳の注記がないので、公表データからは解明ができないね」

勝はここでテーブル上の茶碗に手を伸ばして一呼吸した。皆も思い出したように茶碗を口に運んだ。

そして、勝が続けた。

「こんな会社が長年粉飾決算をしていたのだ。問題とされた直近期には、過年度からの累計で、二〇〇〇億円ほどの利益を過大に計上し、実態連結純資産がマイナス八〇六億円のところをプラスの五億円と虚偽の報告をしていたとされている。

粉飾をやった理由は、銀行への信用問題があったと説明されている。でも実際には、メーン銀行は実態をよく把握していただろうね。

この会社に対してセントラルの担当会計士が、粉飾の事実を知りながら、適法・適正の監査報告書を九年間も提出し続けたとされている。粉飾を容認しただけでなく、連結はずしの方策を授け、架空売上計上の方法を一緒に工夫し、費用繰延《くりのべ》のやり方を指導したりと、粉飾の方法を何かと教示したともされている。セントラルの審査部門はこの粉飾の事実を全く察知していなかったんだよ。

今回の事件はお恥ずかしいことながら、こんな概要だ。後は皆の質問に答える形のほうが効率的だろうから、それでいくことにさせてもらうよ。まことにご心配をかけて、申し訳ない。質問があったら、何なりとどうぞ。

でも残念ながら、私も知らないことが多いので、皆と議論し合いながらの推測、推理をお願いするよ」

粉飾の中身

国際海洋経済研究所理事長の大山健一郎が、

「基礎的なことから教えてもらおうか」

と口を開き、

「まず、どんな手口で粉飾をしたのかをもう少し詳しく教えて。それに、今回の粉飾の特徴は何かについてだけど」

と尋ねた。

「粉飾の方法は、古典的、簡単な方法といえるだろうね。

一つ目の方法は、ムトーボウの業績の悪い六つの販売会社の株式所有割合を形式上だけ二〇%未満にして、連結外しをしている。連結範囲の判定は実質基準に従ってすることになっているのだけど、この〃実質〃の判断にはけっこう困難さが伴うのだよ。その点を利用したのだろうね。

二つ目は、どこでもやる方法の不良在庫の評価減逃れ。

三つ目は、営業上必要な常備の製品などの形だけの関係会社への販売、押し込み販売だね。

四つ目は、いわゆる商社売りの仮想売上を、繰り返していた。

五つ目は、経常的な費用の未計上と繰延、
といったところかな。

この粉飾事件の特徴については、まず、経営トップが主導した組織的なものであったこと。銀行から来ていた経理担当常務は反対したそうだが、社長が粉飾の額まで指示していたとのことだ。

そして九年にも及ぶ長期間の粉飾で、累積で二〇〇〇億円になんなんとする巨額であったこと。さらに、始末が悪いことに監査人が方法などを指導していたとのことだ」

勝は、手元の資料も見ずにスラスラと答えた。

すかさず大山の質問が続いた。

「方法などはすぐにわかりそうなものばかりだね。それが九事業年度も表面化しなかったのは、監査人が加担していたからということか。表面化したら大変なことになるであろうことはわかっていただろうに、何で担当会計士は加担したのだろう。

それに、セントラルには、何重にも監査意見のチェック制度があったはずだよね。どうして見付からなかったの」

勝はなんともつらそうな表情で、言葉を探しながら答えた。

「九年間って本当に長期だよね。初めに手を染めた担当者は定年になり、昨年亡くなってしまっている。今回、逮捕された者はその後を引き継いだ者たちだ。

セントラルは個人会計事務所が合併してできた監査法人だ。初めのころにはまだ、個人事務所的意識、その経営の影響が色濃く残っていた。各個人事務所の組織は監査室と称して、大相撲の相撲部屋のように、閉鎖的組織として独立して続いていた。

クライアント自身も監査法人の顧客であるよりも監査室の顧客と思っていて、関係も監査室に固定化されており、そこでの担当者の人間関係も固定していた。監査室には、『クライアントは自分たちのもの』意識が根強く残っていて、会社保護の感覚がとても強かった。初めに手を染めた人はそう考えて、虚偽に加担したのだろうね。

逮捕されて新聞に出たあの後継の責任者は、論理的には大変に優れた男だった。彼が自分を納得させるのに綿密に理論構築をしていたと考えるよ。

多分、前任者から受け継いだ時に彼のことだから、事態の解消に努めたはずだ。

ムトーボウ側は、

『前任者は認めてくれていたのに何でいまになって』

などと、激しく抵抗したのだろうな。

そして、

勝のレジメから

なぜ監査人は粉飾に加担したか？

- 経営者と同質化した強いクライアント保護意識の存在
- 古い個人事務所的意識・経営感覚の存在
- 監査チームの閉鎖的なままの組織の継続
- クライアントとの閉じた世界での関係の存続
- クライアントとの固定化された人間関係の継続
- クライアントからの圧力への対応の弱さ

なぜ審査機構（監査法人）は発見できなかったか？

- 相互の信頼関係を前提とした性善説に立った組織構築・運営
- 自分の担当のみに万全を期せばよしとする社風
- リスク発生時の対応体制の不備
- 外部情報への対応の不備
- 審査する個人に過度に負荷のかかる審査制度

『必ず解消するから時間が欲しい』

と、法的処理するためにとか、もっと露《あら》わに、メーン銀行の準備が整うまでとか、理由を並べ立てて懇願したのだろう。

彼は、それに乗らざるをえなかったのだ。

しかし、バブル崩壊の影響が長く残りすぎて、メーン銀行の準備に時間がかかりすぎたのが、命取りになってしまった。米国で、エンロン事件などが起こり、会計を見る目がすっかり変わってしまったことも大きかった。彼はあせったことだろう。

もう一つの質問についても考えをいってしまうと、セントラルではパートナー間では決して嘘をつかない、隠し事をしない、つまり相互の信頼関係を前提とした性善説に立った組織構築、運営がされてきた。

この個人の資質に大きく依存する組織の構築、運営は、三〇〇〇人を超える組織としては、リスクが大きすぎたね。

考えればわかるのに、その事実について私を含めパートナー全員が目を瞑《つむ》ってきてしまったのだ。

パートナーたちが信頼の通りに行動していることの、保証を取る仕組みを作り込む必要があったのだよね」

「難しい問題だなあ。でもなんとなく、性善説など勝君の商売とは矛盾するような気がするね。そうだったんだ」

大山がうなずきながら質問を終えた。

フィナンシャルグループ、やまと・ホールディングス会長の石黒太平が独り言のように話し始めた。

「ムトーボウのメーン銀行は三友だ。勝君がいったように、三友はここに苦労をしていた。何しろ金額が大きい。三友の融資残高だけでも一〇〇〇億を超えている。債務保証もきっとあっただろう。ムトーボウは古くからの三友の系列企業であり、あっさりと放り出すこともできない。

あの時期、三友は大口の不良資産処理が続き、自己資本比率も八％（注14）の限界まで落ちてきていた。少しでも償却を先延ばししたいと考えていた時期だ。三友からムトーボウへ派遣されていた役員たちは、十分に銀行の意を認識していただろう。そのために出向させられて来ているのだからね。

資産査定（注15）でムトーボウを『実質破綻先』に格下げして、与信額一〇〇％満額の貸倒引当金を取るなど、できぬ相談だったのだろう。彼らからの監査人への要請は強いものだったろうね。

勝君は銀行業会計の専門家だからわかるだろうが、多分、三友でのムトーボウの債務者区分は『要管理先』、もしかしたら堂々とそれより甘い『その他の要注意先』にしていたかもしれない。引当率は『要管理先』でも二〇%程度だっただろう。『その他の要注意先』だと、大きくても五%くらいか」

銀行業では特に、同業の財務分析を詳細にすることが通例である。石黒は三友の状況を知り尽くしていた。

会計士の職業倫理

「貸倒引当率《かしだおれひきあて》でそんなにも差があるのだ。三友はきっと『その他の要注意先』にムトーボウをしたかっただろうね」

と、東慶大学大学院教授の高井琢磨がぼそぼそといって、話を継いだ。

「勝君の気持ちはよくわかるよ。いまは職業意識の大変動期だね。会計士の仕事について最近いろいろ考えたので、少しそのことを聞いてもらうよ。会計士の職業倫理を正面から取り上げて考えなくてはいけない時代になってしまったのだ。

わが国では、財務情報によって投資や融資がされてこなかったことも事実だが、最近、外国資本の流入が激しい。この外国資本は、財務情報を見て意思決定している。この外国資本の要請を無視できなくなったのだ。彼らは会計士の職業倫理の確立を求めている。規制当局もその変化を無視できなくなった。

釈迦に説法だが、職業倫理には三つの側面がある。理論としての職業倫理と、制度としての職業倫理と、実践としての職業倫理の三つだ。この三つが相互に関係し合って、日本公認会計士協会の自主規制システムに支えられて、職業倫理を保持してきた。

理論と実践としての職業倫理は、言葉の通りなので措くとして、制度としての職業倫理とは、『証券取引法』とか『公認会計士法』とか日本公認会計士協会の倫理規則などが規定しているものだ。

この自主規制システムに支えられた職業倫理が、財務諸表監査が社会から受け入れられることを担保している。

過去にも、制度としては整えられていたが、それがなかなか遵守されてこなかった。三〇年ほど前に、日本熱学工業事件とか、東京時計製造事件とか、不二サッシ事件とか、興人倒産事件とかが続き、当時の大蔵省も放っておけず、正式名は思い出せないが、『組織的監査の徹底と独立性の保持』とかいったタイトルの通達を出している。

通達は出されたが、すなわち制度は用意されたが、職業倫理としてはなおざりの状況で、年月が経った。そして今回、全く同じような事件が起こってしまった。当然といえば当然の結果だ」

高井は勝一人に語っているかのように話し続けた。皆は厳粛そのものの顔で、続く話（注16）を聞いた。

そして、高井の話が終わった時、石黒がいった。

「監査は依頼主から報酬をもらって仕事をする。このプロフェッショナルといわれる業務の独立性は、薄氷の上に成り立っているのだね」

勝は悲しげな顔をしてうなずいていた。

スーパー・シンエーとの違い

大流通グループ、オーカワ・ホールディングス会長の大川が締めくくり的にいった。

「勝君も気の毒に、随分と誇りを傷つけられたことだろう。でも、こんなことはどこでもやっていたことだよ。ムトーボウの場合、セントラル以外どこも損をしていない。そんなに申し訳ないといい続けることはないと思うよ。

勝君の説明のように、株価も元々底、ストック・オプションがあるわけでなし、高額配当も役員賞与などもなく、損したのはセントラルだけだ。こんなに騒ぐのがおかしい。

でも、『エンロンと同じだ』などという、何もわかっていない人も多いね。ムトーボウは下手で、役所から人をもらっていれば少しは違ったかもしれない。それにケチらず化粧品部門をすんなり売却していれば、こんなことにはならなかっただろうに。

私のとこと同業なので、スーパー・シンエーの財務諸表を徹底的に分析していたので、シンエーが何をしていたかよくわかっているが、隠してきたことはムトーボウの比ではない金額だ。それがシャーシャーと生き残っている。ここは通産から会長をもらっている。ムトーボウも嫌がらずそうすべきであった。あの有名な相談役かなんかが嫌がったのだろうね。あの有名老人がさ。

それはそれとして、何でも米国に倣《なら》うわが国は、これからもそっくり真似をして米国流に変わっていくんだろうね。われわれ企業家もその状況に合わせて変わらざるをえないだろう。

私は監査人に嘘をついてこなかったが、それは監査人が私を信用してくれたからだ。性善説でない社会になれば、こういった関係は無くなっていくのだろうね。そんな社会をわれわれは望んだのだろうか。どこかで間違えてしまったと思うな」

発言をせずに聞いていた脳外科医の西本純は、大川のいうことに大きくうなずいていた。

そして、

「さて、勝君よ、この手の話は疲れる。僕は疲れたよ。女将を呼ぼう。酒が要る内容だった」

といった。

勝が、

「ご心配を頂きありがとう。変化があったら、また、聞いてもらうよ。では、女将を呼ぶよ」

と襖を開けた。

ＫｋＬ会計法人

このムトーボウ事件の進展と時を同じくして、セントラル監査法人に激震が走った。ＫｋＬとの提携契約破談話が起こったのである。

ＫｋＬは世界最大の会計法人である。一五〇カ国に及ぶ国に八〇〇を超える事務所を展開し、一三万人のプロフェッショナルが働いている。一九九八年に米国会計法人業界で合併の炎が燃え盛った時に、当時世界第二位の規模であったＬ＆Ｌ会計法人と六位であったＫＷ会計法人が合併して誕生した。このうちのL&Lは、セントラルの提携先であった。

新たにできたKkLの経営方針は、積極的、攻める性格のもので、全世界に展開するグループ会計事務所を米国のニューヨーク本部の意思の下に、一糸乱れず動かそうとするものであった。

KkLの提携規約によると、国際的な提携事務所には「メンバーファーム」と「ネットワークファーム」とがある。

メンバーファームは合併に近い関係で、財務、人事を含めてほとんどが、世界組織に一体化して属することになる。ネットワークファームは、業務のやり方ではKkL方式に従うが、人事、財務では独立を保つ提携関係である。

世界各国のKkL系事務所はほとんどがメンバーファームとなり、ニューヨーク本部の支配下に入っている。

L&Lとのゆるい提携関係である、ネットワークファームの状況に慣れ親しんでいたセントラルにも、インテグレートした関係、つまりメンバーファームになることを強く求めてきた。監査業務の考え方、進め方はすでに、L&L時代から米国流をかなり取り入れてきてはいたが、セントラルはここで、運営の全てをKkLニューヨーク本部の指揮下で行うことが求められたのである。

セントラルのパートナーたちは、この押し付けに反発し、独立維持で結束した。

監督当局も、

「日本の監査法人だろう。米国に支配されるなどもってのほかだ」

と、機会あるごとにセントラルの経営陣に考えを伝えていた。当局にもまだ、米国支配に反発する気概が少しは残っていた時代であった。

そして、こんな時期に、米国の合併熱が日本にも伝わり、合併風が吹き始めた。

セントラルは優良会社多数をクライアントに持ち、財務的に優れ、組織的性格もおっとりとしていて、婿《むこ》として引く手あまたであった。

強力に名乗りを上げた花嫁候補は、元KWの子会社、いまはKkLの子会社となっている赤坂監査法人と、国内系の八重洲監査法人であった。

当時、八重洲監査法人は、強烈な個性の指導者が続き、業界の至るところで衝突して、性悪のしたたか者の異端者として嫌われていた。勝たちも、顧客獲得活動の現場で熾烈《しれつ》な叩き合いをしていて、八重洲のやり方の汚さに憤慨し続けていた。

KkLは当然のごとく、赤坂との合併を求めてきていた。

KkLの締め付けが強くなるのを感じていた現場第一線のパートナーである勝たちは、八重洲との行きがかりを水に流して、日本の国益のために、八重洲と合併して純粋な日本系会計事務所を作ってはどうかとの、気持ちを持ち始めていた。

合併交渉は、セントラルの絶対的な実力者である理事長の町野為三と、合併後その後継者に指名された松井広志が行っていた。

町野たちは、赤坂はとても真面目で純良な監査法人だと、強力に発言し始めた。赤坂は、財務内容や組織的まとまりや米国との親密すぎる関係にとかく噂はあるが、監査技術的に優れていて、顧客にも特色ある優良なところが多数ある、と主張した。

権力者にこう明確に意思表示されると、もう赤坂との合併に反対する者はいなくなった。後になって勝はその時の自分の不明を恥じたのであるが、勝たちもかつて八重洲に叩かれた傷の痛さを思い出し、赤坂へ傾いていった。そして、碧《あお》い目の赤坂との合併が決まってしまった。

旧赤坂のパートナーたち

ＫｋＬは、セントラルを完全にニューヨーク本部の統制下に取り込むために、ひたすら努力し続けていた。その努力は当初は友好的な方法によるものであった。旧赤坂のメンバーはその実現のために働かされていた。

しかし効果は上がらなかった。どちらかというと、旧赤坂のメンバーたちは、動けば動くほどに、合併後の新セントラルの中で浮き上がってしまった。

そんな中で、時が経つにつれて、合併交渉の際の赤坂の提出資料に、多くの虚偽があることが明らかになった。クライアント・リストにあった数社の有名会社が、監査契約を破棄していた。そのうえ、リスト記載クライアントの中には、関係がこじれ、破綻してしまっている会社が含まれていたことが、わかってしまったのである。

さらに、隠していた、退職したパートナーへの多額な未払年金債務の未計上も、赤坂の代表であった黒井武雄の必死の取り繕いの効き目もなく明らかになってしまい、引退した町野の後を継いだ新理事長松井の知るところとなった。

合併交渉資料の信憑性《しんぴょうせい》を確かめることなどは、合併交渉の初歩の初歩である。年金債務などの検証は重要項目の最たるものである。M&Aへのアドバイザー業務も手がけているのに、そんな基本的な検証を怠ったのである。セントラルの町野・松井コンビは大失態をしでかしていたのだ。

年金未払金の未計上については、理事会に諮《はか》ることなく、町野の指示で密かに松井が処理をしたようである。セントラルの豊富な剰余金の負担で支払うことにしたのだろう。

しかし、さすがに気性の穏やかな松井も、このことには激怒した。旧赤坂を代表して副理事長に就任していた黒井を辞任させ、旧赤坂系のもう一人も理事からはずして、執行部から旧赤坂の人たちを一掃した。

黒井はこのことを深く恨みとし、評議員も辞任し、事務所にほとんど出てこなくなった。

勝が黒井に用事ができて電話しても、秘書が出るだけで、

「黒井は出社しておりません。予定がわからないのです」

と本当かどうか不明だったが、いつも同じ答えが返ってきた。

この間、黒井は何度かＫｋＬのニューヨーク本部へ行っていたようである。

そして、

「セントラルはＫｋＬグループファームにふさわしい監査法人ではない」

と、ＫｋＬのスミス会長などに訴えていたとのことである。

セントラルには、リファード・イン業務といって、日本に進出してきている海外のＫｋＬクライアントからのかなりの量の業務があった。この業務は四つある監査部が分担して行っていた。

そして突然に、ＫｋＬニューヨーク本部から、このリファード・イン業務について、専門に担当する部門を作り、そこで集中的に面倒を見ることにしてはどうかとの提案が来た。

この提案は、国際化の充実が急務であると考えていた松井の気分に、時宜《じぎ》を得ていてよく

合ったようである。すぐに、松井は新部設立を承認し、監査第五部が新設された。目立たなかったが、新設部へ異動するパートナーの中に、黒井が含まれていた。

セントラルが独立路線を強力に続けるのを、効果的な手を打てずに眺めていたKkLは、この段階で旧赤坂のパートナーたちと積極攻勢の共同戦線を組むことを決意したようである。

旧赤坂出身の金融部部長・井出省一が一人で、何の目的でかと周囲の者がいぶかるほどに頻繁に、ニューヨークやロンドンへ短期出張をするようになった。

KkLの内部監査部門が監査品質検査と称して、セントラルの実施監査業務レビューのために繰り返し日本を訪れ、たくさんの事項を不適切として指摘をした。また、セントラルの子会社の社名や、業務内容に制限的な要求を繰り返すようになった。

松井の率いるセントラルの執行部は、こんなKkLの変化を気にかけることなく、

「うるさいことばかりをいつも」

と、KkLからの通知、指摘、提案などを無視し続けていた。

こんな時に、ムトーボウ事件が表面化したのである。

過酷な処分

ムトーボウ事件は急展開して、たちまち大事件に発展して行った。

このムトーボウ事件が大ごとになる様相を呈し始めた時期、平成一八年一月から、ＫｋＬスミス会長と、事件の引責で理事長を辞任した松井の後任である新理事長の前岡春夫は、事件対策の協議を重ねていた。

ＫｋＬはコンティンジェンシー・プラン（注17）を提示し、その中にはＫｋＬ日本新監査法人設立のアイデアも含まれていた。

だが、それほどひどい金融庁の処分にはならないと考えていた前岡新理事長は、そのアイデアの実現性はないと、セントラルの理事たちに説明していた。

松下元金融庁担当大臣の私的ブレーンを務めてきた前岡にとって、金融庁の現役職者たちの多くは、長く付き合ってきた仕事仲間であった。重い処分などするはずがないと信じていたのである。

前岡は様々な手も打っていた。共に松下元大臣のブレーンを務めた金融コンサルタント木山多計士とは、マスコミ対策の顧問契約を結び、すでにかなり多額な費用を前払いもしていた。

しかし内閣改造で、松下の息のかかっていた久世金融庁担当大臣も変わった。前岡の金融庁人脈も木山の才覚も、後継大臣たちには逆効果であったようである。

五月の連休明けに、セントラルに対する金融庁の処分が公表された。その内容は、二カ月間の法定監査業務停止という、異例異常と感じられるほどにセントラルに過酷なものであった。

セントラルの事件発覚後の対応がすこぶるまずく、金融庁の発生原因などに関する報告徴求に対して、手抜きを思わせるほどにできの悪い調査回答をして、金融庁を怒らせてしまったのかもしれない。

セントラルの新理事長・前岡は、当局に顔が利き、対応がうまいとの触れ込みで就任していた。しかも、政治勢力の一方に態度を鮮明にして肩入れをし、それを売り物にもしてきた。金融庁担当大臣が政権党の別の派閥の者に替わった時に、この理事長はその事実の重みを測り違えたようである。相変わらず、大きな態度で金融庁に出入りしていた。

金融庁の反応は単純そのものであった。

「事件を起こし、四人の逮捕者まで出したのだから当然だ」

というものであった。

新法人設立計画

ＫｋＬはその処分発表の日に、新監査法人設立計画を記者クラブへの投げ込みで公表した。その内容は以下のものであった。

1．ＫｋＬは、ムトーボウの粉飾決算に関するセントラル監査法人の元パートナーの行為を遺憾に感じております。ＫｋＬは、金融庁による行政処分およびその趣旨を厳粛に受け止める所存です。

2．セントラル監査法人は公表済みの改革案に専心することを表明しています。ＫｋＬは、セントラル監査法人が監査業務の質の改善に向けて改革案を遂行し、この困難な時期を乗り越えるために、引き続き同監査法人を支援する所存です。

3．日本において、永続的に独立した監査法人が新たに設立される予定です。この監査法人は、ＫｋＬのグローバル・ネットワークのメンバーとなります。新しい監査法人の特徴は以下の通りです。

a．会計および監査について国際的なベスト・プラクティスを採用し、質の高い監査業務を提供する。

b．新しい経営陣およびガバナンス体制の下で運営される。

c．顧客に応えるために十分な規模を備える。

d．発展段階において、ＫｋＬによる緊密な監督を受ける。

4．ＫｋＬは来週中にも、新しい監査法人についての詳細を追加にてお知らせする予定です。

この内容は、何も知らされていなかったセントラルのパートナーたちには、大変に屈辱的なものであった。

翌週に前岡理事長に提示された、ＫｋＬの新監査法人設立に関する要求が、評議員会で説明された。その内容は以下の通りである。

①セントラルは新監査法人の設立に協力する。
②セントラルから新法人へ移動を希望する者の脱退を承認する。
③新法人、セントラル双方の代表者を定めて、透明性を高めて交渉する。
④セントラルの海外業務を行っている監査部門と金融部のパートナーの脱退を認める。
⑤新法人へ移動するパートナーの数を九月三〇日までに一〇〇名確保する。
⑥ＫｋＬネットワークの地位は来年六月三〇日までは保証するが、上記①から⑤までに定める事項を遵守できない場合には、セントラルのＫｋＬネットワークの地位を即座に剝

奪する。

⑦セントラルのその後のＫｋＬネットワークの地位の継続は、セントラルの改革の進捗度を調査して年次ごとに判断する。

⑧ここに定めた内容は、今回の行政処分や日本の法令規則を回避するものであってはならないことは当然である。また、記載している内容については、金融庁当局の了解を得ていることに留意すること。

セントラルにとってもはや、否応を選択できるものではなかった。前岡は「覚書」にサインし、その後、六月末で理事長を退任すると発表した。

「四人組」の策謀

黒井たちは、前岡がまとめた「セントラル改革計画」に露わに反対をし、「改善案」と題した文書を公表していた。

彼らの主張のほとんどは前岡案に取り上げられていたが、それでは実施時期が遅いから時間を置くことなく即座に実施しろとか、英語の話せない理事長は認められないとか、と現実的でない事項が多く、前岡には受け入れられない内容であった。

この「改善案」の原案ではもっと露骨に、黒井武雄を理事長、井出省一を副理事長にせよと、記されていたとのことである。

黒井たちは、長年秘めていた計画を実現して恨みを晴らすべく、時機到来と反旗を翻したのである。目指すところは、セントラルの金融クライアントを連れての旧赤坂監査法人の復活である。隠れ年金債務を一掃して財務的に身ぎれいになったのも好都合であったのだろう。

平成一八年六月一日に新監査法人「アタラ」の設立登記がされ、金融庁に法人設立の届出があった。

監査法人の設立には五人の公認会計士が必要である。設立発起人に名を連ねたのは、セントラルを退職して準備にあたった旧赤坂の公認会計士たちであった。もちろんダミーである。

真の発起人は、旧赤坂のパートナー四人で、現セントラルのパートナーでもある監査第五部所属の黒井武雄と、前岡執行部の元理事で金融部部長の井出省一、現理事の国際品質管理部部長高川賢治、監査第五部副部長山沢忠夫であった。

この旧赤坂の〝四人組〟が、ムトーボウ事件後、

「ムトーボウ事件は旧国内系が起こしたことで、旧赤坂の者には関係も責任も無い」

と公言して、米国ＫｋＬと組んでセントラルの分割を策したのである。

勝は、「確かにムトーボウ事件は合併前から隠されていた」と、やりきれない気持ちで彼らが公言するのを聞いていた。

四人組のうちの井出が部長を務める金融部は、金融機関宛にサービスを提供していた。今回の事件の結果、金融庁に監督されている金融機関は、金融庁の覚えを慮《おもんぱか》って、会計監査人をほかの監査法人へ替えることを表明していた。金融部のクライアントのほとんどが、セントラルからほかの監査法人に移りそうであった。これは金融部の存亡にかかわる重大事態である。

知恵者の井出は、好機到来と、米国ＫｋＬ直轄の新監査法人を作り、金融庁をことのほかに恐れる日本の金融機関を客として取り込もうというアイデアを、ＫｋＬに持ち込んだのであろう。

日本の会計市場を完全支配したいとかねて狙っていたが、意にそう返事をしないセントラルに業を煮やしていたＫｋＬには、もってこいの話であった。

これら金融機関は、七月、八月の一時会計監査人を必要としていた。この二カ月間を新法人が監査人を務めることには、金融庁処分の脱法に当たるのではとの議論がある。しかし、新法人の設立をセントラルのパートナーでない者がし、これらクライアントへのサービスはセントラルを辞めてきたスタッフが行うことにすれば、外形上の脱法臭は弱まる。

多分、米国の意思の影響を強く受けている金融庁担当官はよいとも悪いとも黙して語らないであろう、と考えたのだろう。事実、金融部部長たちは、新法人「アタラ」を七月、八月の一時会計監査人に採用するように働きかけていた。

そして、黒井が新監査法人「アタラ」の理事長になると発表された。金融部部長の井出が黒井を支えている。

噂では、実際には井出の企画の通りで、黒井は踊らされているともいわれている。確かに井出には、黒井にある単純さが無い。計算し尽くした強引さがある。

勝はそれまで、井出の美点だけをひたすら探して、それを見て付き合ってきたが、自分はなんと甘ちゃんだったかと、苦笑せざるをえなかった。

セントラル分裂

ＫｋＬの要求によりパートナー総会で認められたのは、パートナーの移動だけであり、監査補助者であるスタッフ、事務職員は対象ではなかった。しかし、このパートナー総会決議後、旧赤坂のパートナーであった者たちは、スタッフに対する移動の勧誘を始めた。昼夜を問わずの電話戦法であった。

連日、監査スタッフ募集の新聞広告が新監査法人により打たれ、攻勢が激しい。聞こえてくることは過激である。

「セントラルは泥舟だ。徐々に沈んでいく」

「『アタラ』と命名された新監査法人へいますぐに移れば報酬は二割アップにする」

「執務場所もいま建設中の丸の内のグランドビルで、すばらしいロケーションだ」

「『アタラ』にはニューヨークのＫｋＬ本部から六〇億円の資金が提供されている。ジリ貧のセントラルと違い、資金も潤沢である」

「米国の最新のノウハウ、技術が、監査スタッフ、事務職員へは提供される」

「キャリアアップにもってこいである」

また、露骨に、

「『アタラ』にはＫｋＬがついているから、金融庁リスクも無い」

とまでいっていた。金融庁は米国のいいなりだから気にするには及ばないと、いっているかのようであった。

新聞は連日、この新監査法人のことを書き立てた。情報は旧赤坂のパートナーから流し続けられた。

そんな記事を毎日見ていた勝の妻多美子が、

「一体、何が起こったの」

と、聞いた。

勝は、

「『セントラルは、五年前に、とかく噂のあるヤンキー娘の金髪・碧眼《へきがん》とボインに眼がくらみ国際結婚をした。だが、倦怠期の真っただ中の今年、日本人の夫が長い付き合いの情から馬鹿げた業務上の事故を起こしてしまった。

米人妻は、結婚後も以前付き合っていたヤンキー男とイチャイチャしていたのだが、好機到来とこのヤンキー男と縒《よ》りを戻し、そのもとへ走った。不倫だ』

と、理解するとよいだろう」

と、勝には珍しく過激な表現で答えた。

多美子は、

「よくわかったわ。やはりね。あの合併の時私は、セントラルを熱望してくれていた別の日本監査法人のほうがよいのにと、いったでしょう。

国際結婚は難しいものよ。セントラルはお人好しだから、米国娘を御せなかったのね」

と、深刻な顔でいった。

そして、

「別れるって大変よ。財産の半分は取られるでしょうね。セントラルの場合には、人材の半分でしょうね。パートナーもスタッフも、精神的にはすでに虜《とりこ》になってしまっているでしょうから大変よ。

セントラルの迂闊《うかつ》であったこと。とても残念だけど、勝負はあったようね。私の場合、あなたが一生を賭けたセントラルのことですからなおさらよ」

と付け加えた。

多美子がいった、合併を熱望した別の日本監査法人とは、八重洲監査法人である。

勝は多美子のいうことを聞いて、さびしいことだがその通りだと思った。

アドバイザーたち

セントラルの改革を支援する目的と称して、たくさんの米国人、英国人がアドバイザーとして乗り込んできた。

ニック・ケネディーというアドバイザー陣の主席の一人は、すでに引退していたのに現役に復帰して来日した米国人で、勝とは古くからの知り合いであった。彼がL&Lのコンサルティング日本子会社の社長の時には、日本人の部下を厳しく管理して働かせて、勇名を馳せていたことが思い出された。大変なやり手である。

彼の執務室は、勝の隣の部屋に用意された。前岡によって理事長を辞任させられ、後にさらにセントラルを退職させられた前理事長・松井がいた部屋である。

毎日、アドバイザーたちがニック・ケネディーのところへ集まって来た。傍若無人に英語で、大声で話している。

勝は四〇歳代で大病になる前の五年ほど、銀行監査の国際会議の日本代表を務めたことがある。その際、英語ではかなり苦労をした。彼らの話し声が聞こえてくることにより、眠っていたあのころの英語の能力が日に日に復活してくるのを感じて、脳とは不思議なものと思ってうんざりした。

聞きたくないことがたくさん聞こえるようになってきた。

「セントラルは全くよい時期に、アホなことをしでかしたものだよ」

とか、

「『アタラ』移動組はグッドガイだ。J-SOX業務（注18）でもセントラルの顧客を取るだろう」

とか、

「J-SOXでは日本企業の情報がたくさん得られるだろう」

とかと、盛んに話していた。

そんな話を漏れ聞いていて勝は、セントラルには、会計業務が国益に深く関係していることに対する意識が低かったことを痛感した。

平成一八年五月末で勝は役職定年になり、評議員会議長を辞めて、六月末にその部屋を出て、郵便公社監査部の席へ移った。

そこは、おかしな話が聞こえない、朗らかな活力いっぱいの場所であった。

悪事の果て

二カ月の業務停止が終わる週に、ＫｋＬが送り込んできているアドバイザーのニック・ケネディーが、勝に時間をくれといってきた。ケネディーが夏の休暇をカリフォルニアで過ごし、帰ってきた週のことであった。

勝は、ケネディーが二匹のジャーマン・シェパードを飼っているのを知っていた。今回、この二匹を日本へ連れてきたものと思っていた。

勝はケネディーの部屋へ行き、シェパードの話から会話を切り出した。

「あなたのシェパードは無事に日本へ来ましたか」

「一緒ではなく、来週に来ます。少しの別れもさびしいものです」

と、ケネディーはデスク上の二頭のシェパードの写真を見せながらいった。

「わかりますね。私はゴールデンレトリバーを飼っています。とてもかわいく、賢いですよ」

そして、

「何の話ですか。今日は」

と、本題に入った。

「アジェンダ（議題）はありません。勝さんと雑談をしたかったのです。『アタラ』はどうなると思いますか。あの設立のアイデアが出た時私は、とてもよいアイデアだと思いました。しかしその後の推移を見ていて、予想、期待が全く違ってきてしまったのです。

あの四人組が勝手なことをしています。彼らの行いは、人倫にもとります。勝さんはＫｋＬがさせていると思っているらしいのですが、そんなことはありません。米国人は名誉を重んじます。米国人ならあんなことはできません。

ＫｋＬ本部も私も、何か騙されたような気がしています。

いまに彼らがしていることは世間に知れ渡りますよ。あんなことをして、日本の会社に好かれるわけがありません。ホリエモンや村上さんのような人が出る時代にはなりましたが、日本はまだ道義の国でしょう。私はそう思っています」

ケネディーはここで声を潜めるように、「悪事をするとねえ……」とニヤッと笑って話を変えた。

「それから変な話で恐縮ですが、彼らの行動を見ていて、私は去年行った中国の古墳でのことを思い出しました。

昨年の秋、私は中国のシルクロード見学に出かけたのです。秋には砂漠地帯でもあの黄砂の嵐が吹かないのです。その古墳は魏晋壁画墓《ぎしんへきがぼ》といって敦煌の近くの嘉峪関《かよくかん》のゴビ砂漠の中にありました。砂漠の地下にレンガを積んで作られた墓には、一六〇〇年ほど前のものなのに色彩鮮やかに、調理や食事の場面などの興味深い内容の壁画が残っていました。

それに見とれていたら、ガイドが天井の修復跡を指さして、

『墓泥棒があそこから侵入して、黄金や宝石などたくさんあったはずの副葬品を奪って行きました。そして、財宝を独り占めしたくなった外にいた泥棒が、穴の中で仕事をしていた仲間を殺して、その死体を穴に残して行きました。そこの隅、あなたのいま立っている場所に、その泥棒の人骨がありました』

と、いったのです。ぞっとしたので、記憶に強く残ったのです。

前置きが長くなりましたが、悪事を働くと仲間割れがよく起こるものです。

この人たちがお金のことなどで争い、恥の上塗りになるような揉め事を起こしてくれないとよいのですがね」

ここでまたニヤリと笑ってケネディーが真顔に戻り、トントンとテーブルを叩きながら話を変えた。

「それに、『アタラ』の顧客を見ると、旧赤坂のままのような気がします。セントラルから日本の金融クライアントが付いて行きますが、この先残るかどうか疑問ですね。勝さんはどう思いますか」

「金融機関は金融庁が脅しましたから付いて行きますが、外資に会社の中を見られ続けることを、嫌がるかもしれませんね。

これから日本企業のクライアントを増やすことは、『アタラ』にとって難しいでしょうから、昔、旧赤坂がジリ貧になったように、同じ道を歩むのではないかと気になります」

「勝さんもそう思いますか。私もです。私の友人で同じ女性と二度結婚した人がいますが、そんなことになるとよいのですが」

「四人組がいる限り、駄目でしょうね。信頼して、ひどい目に遭わされましたから。うぶなセントラルは国際結婚にはもうこりごりです」

ケネディーは真顔に戻り、真剣な眼差しで勝に尋ねた。

「そうでしょうね。ところでいま勝さんがセントラルの経営者だったら何をしますか」

「難しいことを……」

勝も真剣な表情で少し考えてから、スラスラと答えた。

「そうですね、することは三つです。

一つは、この職業は国際化なしでは成り立ちませんから、ＫｋＬとの堅固な関係の構築です。

二つ目は、『アタラ』へ行った仲間と一緒に業務ができる道を開くことです。四人組がいるので難しい点もありますが、騙されて付いていった人たちを救いたいですね。

もう一つは、金融庁との関係の再構築です。

そうすれば、パートナーもスタッフも、心置きなく業務に邁進《まいしん》できるでしょう。彼らはわが国一の優秀なプロフェッショナルです。経営者もその中で、監査法人のことを深く考えて、しっかりと国益に思いを致して経営できるでしょう。

ケネディーさん、このうぶなセントラルを見放さず、ぜひよろしくお願いしますね。ＫｋＬのいうことを守る、よい子になりますから」

「五年前に勝さんが理事長になっていたら、こんなことにはならなかったでしょうね」

「そうなっていたら、いまごろ私はアーメンの世界へ行って、石の下で眠っていますよ」

「勝さんならそうなっているかもしれませんね。勝さんにとって経営者などにならなくてよかったのでしょう。

　セントラルには立派に改革を成し遂げて、ぜひよい子になってほしいですね。私もできるだけのことはしますよ。アハハハ」

　勝はケネディーと握手して部屋を出た。秘書がニコリと微笑みかけた。

第二章　ＡＢＣ銀行消滅

真夏の夢

金融庁の処分があり、新法人「アタラ」設立騒動が続いていた平成一八年七月、勝は自宅で環境思想の紹介書であるR・F・ナッシュの『米国の環境主義』(注19)を、苦労しながら辞書を引いて読んでいた。この本では数行を追うとすぐに眠くなる。そして、やはりその日も、椅子に座ったままで転《うた》た寝《ね》を始めた。

すると、ときたま見るあの不思議な夢をまた見た。夢の内容は以前担当していたABC銀行の当局検査のことであった。

あの時期、「失われた一〇年」などといわれ、長く不景気が続いていた。

銀行が不良資産をなかなか償却しないために、本来なら存続できないゾンビ企業(注20)が生き残っていて、社会に非効率が蔓延しているからだとの、議論が盛んであった。

そんな中、米国のウォール街にたくさんの仲間を持つという、マスコミで人気の大学教師の松下が、金融庁担当大臣に就任した。

彼は、彼が不良資産と名付けた企業への貸出金を償却すること、つまりその借手を潰すことを銀行に強く求める政策を実行した。

経済や会計の原理に疎い小沼総理は、この言葉巧みな教師上がりの松下大臣のいいなりのようであった。

＊　＊　＊

ターゲット

水野金融庁長官が、林監督局長と鳥居検査局長を長官室に呼び、話し始めた。

「松下大臣が小沼総理の指示だとのことで、

『わが国にメガバンクが四つあるのは多すぎる。三つでよいと考えるので検討してほしい』

といってこられた。海の向こうあたりからの要求があったのだろう。

知ってのように、米国はメガバンクにもだが、その融資先の大型スーパーマーケット会社、マンション・不動産会社、商社、信販会社にとても関心がある。潰させて安く買いたいのだ。

彼らは三年前に、試みに潰させて安く買収した新開銀行で味をしめている。何しろこの春の新開銀行の株式再公開では、二〇〇〇億円ほど儲けたのだ。それも非課税でだよ。これからも次々にいろいろいってくるだろう。

個人的には、メガバンクが四つで多いとは思わないが、米国大統領の意を受けている小沼総理や、ウォール街にたくさん友だちがいると公言している松下大臣には、逆らえない。

メガバンクが一つ潰れることになってわが国が損をしようとも、わが金融庁はその意を守らなくてはならない。

松下大臣のいうことを聞けば見返りに、公務員数削減のいまのご時勢でも、金融庁には要員増を認めてくれるだろう。ここ数年のうちには、倍増にしたいからね。数こそ役所の力だよ。いまは一三〇〇ばかりだが、新庁舎が完成するころにはこれを二〇〇〇にもしたいね。金融庁はもっと大きくならなくてはならないね」

二人は水野のいうことにうなずいて、同意を示した。

そして、水野が提案する。

「口の軽い松下大臣が、示唆的にリークしたアルファベットのＡＢＣをやるのだろうな。われらの厳格な銀行検査を実施してだ」

鳥居検査局長がすかさず賛成した。

「アルファベットは事あるごとに、われわれに逆らい目障りです。あの大ごとになった、しゃぶしゃぶ接待の件では、私も苦労をさせられました。アルファベットがいいでしょう。

それなら、恵比寿主任検査官にやらせましょう。彼なら恥ずかしげもなく、無茶を押し通しますから」

林監督局長が続けた。

「アルファベットはどうしてか知りませんが、恵比寿君とは因縁があります。もしかしたら、昔、融資でも断られたのかもしれません。恵比寿君がいいでしょう。

しかし、鳥居局長はそういいますが、あそこの銀行はなかなか立派なものです。見方によっては逆らうということになりますが、われわれ当局にも、いうことはきちんというし、計算もしっかりしています。時代を先取りし、変化に対応して変わろうともしてきています。なんでもハイハイ聞いていると、りせの銀行（注21）にされてしまうこともはっきりと認識しています。

元気がよすぎて脇が甘く、リスク管理が下手なところがあるにはありますけれど。だから、財閥系銀行からは、異端児で毛並みが悪い田舎者だと、陰口を叩かれています。メガバンクの中では、一味も二味も違っています。

そんなところが、米国や英国など海外にとって、ライバルとして目障りなのかもしれませんね。わが国にとっては、惜しい銀行の気もします。

でも、一つやるならあそこでしょう。親密な大物代議士も政界を引退してしまい、永田町とのパイプが細くなってしまっているからやりやすいですし」

こうして、三人のターゲット選びの意見は一致した。

恵比寿主任検査官

恵比寿主任検査官が話し始めた。新年度を迎えて組成されたＡＢＣ銀行一般検査（注22）チームの打合会である。

「入検対象はＡＢＣ銀行である。今回は徹底的にやる。容赦はしない。

現行の『銀行検査マニュアル』（注23）を進化させて用いる。配付したものがそれであり、私が改訂して作った。いうなれば、『恵比寿版新銀行検査マニュアル』である。内容の特徴は、全てにおいて、超ベストプラクティス、スーパー保守主義を求めていることだ。将来の予測は最も悲観的なものを正しいとする。

ＡＢＣが四の五のいったら、やりたいこととできることは違う、と教えてやれ。検査の継続性などという議論は無視しろ。前三月の特別検査（注24）も、私が指揮した前回の一般検査も無視してよい。気に掛けなくてよい。銀行を取り巻く環境がすっかり変わったのだ。

われわれには、国家という力がある。行政の裁量権がある。不良貸出か否かは銀行検査官が決める。民間の議論など認めない。小沼総理の希望、松下大臣の意思だと考えてやってほしい。私は松下大臣から手心を加えず徹底的にやるようにと、直接指示を受けている。貸出金担保の評価も最も価額の低いものを探せ。どんなビルも三五年経ったらゼロ評価とする。金融庁の入っているこの合同庁舎4号館ビルを見てみなさい。そんなに経っていないのにボロボロだ。こんなものに担保価値はない」

若い検査官が質問した。

「隣の霞が関ビルは三六年経っているのですが、立派に稼いでいます。個別に状況を見ないでよいのですか。

それに『銀行検査マニュアル』をパブリック・コメント（注25）の手続きを踏まずに、当方だけで勝手に改訂してしまって揉めませんか。コンプライアンス（注26）は大丈夫ですか」

「いい質問だ。

そんなビルの事例は例外だといって、無視しろ。わが家なども三五年過ぎたが、ボロボロもいいとこだ。建物などはそんなものだ。担保価値はゼロでよい。

それに、ABCが主力行として支えているあの商社の海外債券評価では、海外資産価値の検証など不可能だからゼロだといえ。

『新銀行検査マニュアル』のことは揉めても後の祭りだ。揉めたからといって、超保守的にやってしまった検査結果を変更することはしない。

コンプラも気にするな。最近、コンプラをやっている学校の後輩と飲んだ。酒は強い。あれなら心配は要らない。

それから会計士などと議論をするな。意見をいわせるな。銀行の会計方法はわれわれ銀行検査官が決めている。会計士など銀行の実務を知らない。彼らは銀行と癒着している。わが国資本主義の宿痾《しゅくあ》である。屁理屈ばかりを考えている。決してあいつらと議論などするな」

「でも、会計監査人との意見交換会を開催する制度（注27）になっていますが」

別の検査官が手を挙げていった。

恵比寿がすかさず答えた。

「終わりのころに少し時間をとってやればよい。それでやったということになる。私が全部しゃべる。会計士に意見などいわせない。君たちはしゃべらなくてよい。

銀行検査官と議論するなど会計士風情が生意気だ」

恵比寿は昂揚した雰囲気で夢を見ているかのように、若い検査官たちの顔を見回しながら話し続けた。

もう質問をする者、敢えて発言する者はいなかった。

「今年も特別検査をやる」


水野金融庁長官が、林監督局長と鳥居検査局長を長官室へ呼んだ。

「今年も特別検査をやることになった。松下大臣の指示だ。

ＡＢＣ銀行一般検査を担当する恵比寿君は、松下大臣に両方やりたいといいに行ったそうだ。だが、競わせる意味でこちらは、恵比寿君と共にマスコミに『伝説の銀行検査官』として売り込んだ渋谷君に、担当してもらいたいのだが、鳥居局長どうかね」

「よいお考えです。結構でしょう。

いままで以上に恵比寿君には役立ってもらうために、機嫌よくやってもらわなくてはなりませんから、名目上の総責任者は恵比寿検査官として、その下に渋谷検査官が付く形にしましょう。

この情報をマスコミに流せば、夕刊紙などは喜んで書くでしょう。雰囲気作りには持ってこいです。

これで、ＡＢＣの頭取の首を取れるでしょう。もうアルファベットは立っていられないでしょう」

「首を取るとは三〇%ルールのことだな。昨年の三月期は大赤字だったから、二期続いて『健全化計画』の利益を三〇%下回ったら、経営陣には責任を取らせるというあれだね。
　松下大臣はりせの銀行で、『預金保険法』一〇二条（注28）一項の一号の実験をし、北九州銀行で、同三号措置の実験をしたように、今度は三〇%ルールの実験もしたいのだろう。学者先生の考えそうなことだ。ABCはきっと必死になるよ。
　私は、この景気回復の芽が出だした大事な時期のことなので、例外があってもよいと考えるのだけどね」

「長官、そんなことをおっしゃってはいけません。松下大臣は厳格にやれといわれているのです。来年はわれわれの定期異動の時でもあることをお忘れなく」

と、林監督局長が笑いながら話に加わった。

「ところで、検査局長、検査局にますます恵比寿チャイルドが増殖しているようだが、対策はどうなっている？」

　水野が真剣な顔で鳥居に話を向けた。

「確かに恵比寿君のシンパが増えています。いまはわれわれのやりたいことに役立ってくれていますが、そう遠くない時期に、銀行検査もいまのやり方を変えざるをえなくなるでしょう。
　その時に抵抗などしてくれて、われわれの統制限度を超えてはかないませんので、ワクチンを何人かシンパの中に潜り込ませてあります。お任せください」

鳥居も真顔で応えた。

「銀行も世間様の同情を失ってしまったものだね。銀行を叩くと、金融庁の世間での評判が高くなる。恵比寿君などには銀行への哀れみの気持ちの欠片も無いようだ。われわれにとって持ってこいだ。

でも、いまはわれわれの役に立ってくれているが、このままでは危険だ。鳥居局長、よろしく頼みますよ」

水野が大きくうなずいていった。

そして三人は、事務的に別のテーマへ移った。

ＡＢＣ銀行特設検査場

平成一六年六月、ＡＢＣ銀行特設検査場に五〇人を超える銀行検査官が揃った。

恵比寿主任検査官以外は若者ばかりである。金融庁は中途採用でどんどん銀行検査官を増やしてきた。その結果、銀行業界では、検査官の能力にはばらつきが大きく、総じてその実力は低いとの評価が定着している。

しかし皆すぐに、権力の振り回し方だけは覚えてしまうと、検査を受ける銀行マンたちからは嘆かれている。

恵比寿主任検査官率いる一般検査と、そして間もなく渋谷主任検査官の特別検査が開始された。

ＡＢＣ銀行の『資産査定マニュアル』と『開示債権マニュアル』は、二年前の恵比寿検査の指摘を受け入れて、大作業をして改訂したものであった。

当時、その検査は、あまりにも継続性を無視したものであり、論理性も無かったので、同業から気の毒にと同情されるほどのものであった。

そして、でき上がった『基準』は、業界で最も恵比寿好みといわれる内容のもので、評判を得ていた。

ＡＢＣ銀行は厳密に、それら『基準』を適用して決算をしていた。また、大口融資先の債務者区分（注29）の内容は、この年度の決算確定時に、同時並行して実施されていた代々木主任検査官の特別検査で合意したものであった。

銀行検査は来るたびに指摘する内容がコロコロ変わるので、また何らかの指摘はされるであろうが、今回はされても程度が知れていると、ＡＢＣ銀行にとっては大変に自信のある決算内容であった。

ところがである。ＡＢＣ銀行の予想は全く覆された。

恵比寿好みと考えられていたこれら『基準』の中身は、

「そんな指摘はしたことも、聞いたこともない」

という一言で否定され、代々木特別検査の結果も一顧だに与えられず、多くの検査対象先で打ち消された。

恵比寿主任検査官の常套手段である、公になれば多分、国家公務員法違反に該当するとされるであろう行為、脅し、名誉毀損、虚偽発言、でっち上げ、不法行動・徘徊、情報漏洩・リークが駆使された。

『国家公務員法』第七節『服務』の項には、恵比寿にとっては耳の痛いことがたくさん定められている。恵比寿はこの法律を一度は読まされたはずであるのに、その内容をすっかり忘れてしまったかのようである。

新聞などマスコミは、検査局が計画的に流し続けるＡＢＣ銀行関連情報をせっせと記事にした。

タイミングを計って当局から巧妙に流された、

「ＡＢＣ銀行が検査資料を隠蔽《いんぺい》した」

とする怪情報が、毎経新聞の日曜日版一面で大文字の記事となった。このため、ＡＢＣ銀行が準備していた海外での増資は不可能になった。

ＡＢＣ銀行はねじ伏せられた。

一兆円を超える業務純益を計上しているのに、来期のことなどわからないと、事業計画が否定され、繰延税金資産（注30）は、回収可能性無しとして、多額を否認された。

恵比寿は、会計理論のことはほとんど理解できない。まして、自分が否認させた税効果会計（注31）の仕組みなどはとうてい理解できなかったが、否認した金額には大満足であった。税効果会計の検討を担当させられた、監査法人業界からのローテーション派遣の公認会計士は、恵比寿の指示のあまりの滅茶苦茶さに恐れをなした。気弱に抵抗したものの、恵比寿には歯が立つものではなかった。この会計士は己のふがいなさに打ちのめされて、見るも哀れに落ち込んでしまったと伝えられた。りせの銀行の時には、税効果会計に関連してかわいそうにも自殺した公認会計士がいたとされた。今回はそんなことにはならなかったが、この会計士も危ないのではと噂された。

恵比寿の検査と競り合う形で実施された、渋谷主任検査官率いる特別検査も、恵比寿の一般検査に劣らずすさまじいものであった。

計画以上に利益を計上している特別検査先企業の事業計画は、今期は神風が吹いたが来期には吹く訳が無いだの、来期はプロ野球で子会社が優勝できっこないだの、計画などやってみなければわからないだのと、様々な理屈を並べて、軒並み実現可能性無しと否定された。

そして、債務者区分は二段階格下げされるものが続出した。

事業計画の評価は難しい。翌期には実施者の能力のほどが結果に現れてしまう。その恐ろしさを知らない者たちの所業であった。

恵比寿たちの完膚なき勝利であった。

金融庁高官の思惑は当たった。

「頭取に会いたい」

恵比寿が、ABC銀行貸出企画部部長・木戸を検査主任室へ呼んでいった。

「一般検査と特別検査の結果について、頭取と話がしたい。今日の六時だ。準備しなさい」

「いまから六時などは無理です。予定が入っています」

「予定などキャンセルすればいい。今日の六時だ。手配をしなさい」

「それは横暴というものです。せめて一日はないと調整の仕様もありません」

「検査の忌避をするのだな。われわれはいつでも検査忌避で訴訟する用意があるのだぞ。それでよいのだな」

恵比寿が木戸を睨みつけた。

「…………」

長い沈黙の後に、木戸が苦渋の表情でいった。

「わかりました。調整をやってみましょう」

恵比寿のいつものやり方である。

酒の好きな恵比寿が、ほろ酔いで地下鉄のホームを歩いているのをたまたま見た銀行員が、思わず線路へ蹴落としたいと思ったという話が伝わっている。何人がそんな誘惑に駆られたことであろうか。


その日の六時、ABC銀行の役員応接室でのこと。恵比寿の長々としたしゃべりを聞き終えた松平康平頭取がいった。

「おっしゃることはお聞きしました。全て承服し兼ねますので、『意見申出』をします」

「それなら、来週火曜日の五時が提出期限だ。厳守だぞ。いいな」

恵比寿がいびつに笑っていった。恵比寿にとって予定の出来事であった。

意見申出制度は、検査を受けた銀行が検査結果に不同意な場合に、再検討を申し出ることができる制度である。

ただし、この検討は、検査を実施した検査局の内部で行われる。自分たちのしでかしたことの是非を、自分たちだけで検証するのである。公正さなどへの配慮は全く無い制度である。

尋常でない流れ

ＡＢＣ銀行・大久保企画部部長からの相談があるとの電話で、久し振りにＡＢＣ銀行を訪れた前会計監査担当者の勝が、企画担当常務・西郷と会っていた。翌平成一七年五月のことであった。

「『意見申出』の結果は来ましたか」

勝が聞いた。

「まだです。『意見申出制度』など、向こうの内部だけのいいかげんな審査制度です。期待はしていません」

と、西郷がいつもの穏やかな表情でいった。

勝がそれを受け、続けた。

「意見申出制度など、全く不公正な、お上の都合ばかり優先した制度です。

北九州で破綻とされたあの地銀でも申し出たそうですが、全く効果無しだったようです。

この制度は、金融庁から独立した外部機関が審査するように変えなくてはいけませんね」

「でも、一般検査、特別検査をこの決算に反映させても、三割ルールはクリアーできそうです。監査法人が繰延税金資産をゼロなどといい出さなければですが」

西郷が勝を見詰めていった。

「業務純益が一兆円もあり、そのうえ、決算が黒字で、自己資本比率が一〇%を超えている銀行に対して、どう理屈を付けてゼロといえるのでしょう。会計士は恵比寿さんではないのです。

私はいまはもう担当会計士でないので、今回の検査状況の説明を聞く訳にはいきません。でも、この決算へ厳密に、検査結果を反映しなくてはなりませんよ。

六月中にも、新検査制度と称して新聞に発表した新しい検査を実施して、ABCをまた叩きに来ることを覚悟しておかなければいけません。

どうもいままでの一連の流れは尋常でない気がします。当局の情報リークの仕方が通常ではない気がしてなりません」

「いま、組もうとしている決算案は、公表した予想よりかなりの減益になりますが、ほぼ全て検査結果を取り入れるので大丈夫でしょう。ただ、会計士さんには申し訳ないのですが、中出結果がまだ来ないので時間がなくなり、監査済の数値での決算発表とはいかないでしょう」

と西郷がいった。

「ところで勝さん」

同席していた大久保企画部部長が話に加わった。

「うちの銀行の今回の検査への対応方針は、これでよかったのでしょうか。もっと早くに、例えば、増資を潰された一月の、当局のいい掛かり〝資料隠しリーク〟の時あたりに、検査局のやり方の異常さに気付いて、白旗を上げてしまい、恵比寿と妥協していればよかったのでは、という気がするのですが」

「大久保さん、私は、やってきたこの方法しか無かったと考えています。大変に厳しい状況の中、ぎりぎりでよくやってきたと感じています。抵抗せずに途中でイエスといったら、もっとひどいことになっていたと思います。間違いなくいまごろは、りせの銀行にされてしまっていたでしょう。正義も道理も論理も通じない相手です。銀行が生き残るためには、抵抗しかなかったと考えています。

担当を離れて一年にもなる私のところにも、いままでに三度、金融庁高官の使いという人から脅しが来ています。

『後ろで銀行に知恵を付けるな。あんたの監査法人も探せば脛《すね》に傷があるだろう。そこを考えろ』とです。

ヤクザももう少しは恥を知っていると感じました。いまの検査局はヤクザ以下ですね」

「使いの人とは誰ですか」

「あの有名人ですよ」

メッセンジャー

例の金融庁高官の使いから、会いたいと勝のところに連絡があったのは、その一週間ほど前のことであった。

またも脅しのダメ押しのためであった。

勝は、この使いを「金融庁のメッセンジャー」ということにしていた。

「一般検査と特別検査の結果を、この決算に厳密に反映させろと、金融庁がいっている」

「金融庁の誰ですか」

「松下大臣との例の会議の後の雑談の中でだ。その雑談には長官も局長たちもいた。誰かということは措いておいていいだろう。

検査結果が厳密に決算に反映されたか否かを、この六月中旬ごろに入検して見るともいっている。新検査制度を始めると記者発表をしただろう。あれだ。あの新制度は当然にＡＢＣ

を対象としている。ここで、重要な指摘が出ると、ＡＢＣだけでなく、あんたの監査法人も立ってはいられないよ。

金融庁が雰囲気作りのためにマスコミの情報操作をしているのだが、あんたの監査法人も根掘り葉掘り探されれば、監査事故のようなものがたくさん出てくるだろう。どこの監査法人も同じと私は思うが、夕刊紙にセントラルが一番甘いと、流しているのも当局だからね。そこのところをよく考えるのだな。『公認会計士・監査審査会』（注32）もできたことだしだ」

「ＡＢＣの担当会計士・坂本龍雄は優秀で、真面目で、公正な男だ。どちらからの外圧にも影響されることなく、正しい判断をするだろう。

趣旨は伝えておくよ」

勝は、

「この虎の威を借りたキツネめ」

と、口に出して罵りたい思いで〝メッセンジャー〟を睨みつけた。

「こんな支援しかできない」

セントラルのＡＢＣ銀行会計監査担当責任者・坂本龍雄が、勝と話し合っていた。

「会計上の判断には幅がある。いわゆる野球のストライクゾーンのようなものだ。ど真ん中だけしか認めないなら、それではもう野球にも、会計にもならない。それでは恵比寿の検査だ。少し高目のボールのほうが銀行の会計上は望ましいと考えても、ど真ん中しか駄目と当局はいいたいらしい。失投のホームランが欲しいのだ。

われわれは正しいと考える結論を出し、わが監査法人審議会（注33）へ提案する。最終的に意見を決めるのは監査法人審議会だ。結論が出たらそれに従う。その通りを銀行に伝える」

と坂本がいった。

「それでよいだろう。今回のケースは会計上の問題ではなくなっている。行政といおうか、政治といおうか、もう会計の話ではなくなっている。

われわれは会計上認められる支援を銀行にしてきた。さびしい話だが、これ以上何も銀行にやってあげられない。行政も政治も、本当に嫌だね。汚いね。正義も、公正も、国益もあったものでない。政治家の思惑と当局者の保身だけだ」

こういいながら勝は、無力さを感じてやりきれない気分であった。そして先週、出席した食の安全の勉強会で聞いた、米国産牛肉輸入再開問題のことを坂本に語った。そこでも同様に、深いやりきれなさを感じていた。

「銀行分野だけではない。別にもたくさんこの種のことがわが国では起こっている。

先週聞いた全くやりきれない事例だが、いま進んでいる米国産牛肉輸入再開の件がある。少なくとも米国はBSEの汚染国だ。国際獣疫事務局（OIE）の国際基準によれば、米国の牛肉は八年間、輸出禁止されるべきことになるはずだそうだ。

現にわが国で四年前に、BSEが発生して以来、米国はわが国からの黒毛和牛の輸入を禁止している。その時、繁殖用にわが国から輸入した、血統書付きの黒毛和牛の種牛や牝牛を処分することまでしたとのことだ。

それなのに米国政府は、BSE汚染国である自国産牛肉の輸出再開に向け、圧力をかけてきている。あの大統領は肉の本場テキサス州の出身だからね。牛肉業者ミートパッカーなどの金主には逆らえない。

わが国政府も米国政府に尻を叩かれて、米国好みの学者を動員し、全頭検査をやめる理由を探しながら、輸入再開の時を計っている。

マスコミも以前、『食の安全』などと仰々しく書いたことをすっかり忘れたかのように、その雰囲気作りに荷担している。国民の健康など考慮の外だ。

これでは、有名な元大統領補佐官ブレジンスキーが、外交雑誌に書いていた通りに、『日本国は、米国の属国』だ。わが国の政治家も当局者も米国政府の代理人で、お手先そのものだ」

帰り際に坂本がいった。

「そうそう昨日、恵比寿にすごいことをいわれた。『あんたはマンション住まいだそうだが、大東から安く買っているだろう』とだ。賄賂として安く買ったんじゃないかといいたいらしい。

恵比寿の精神はひん曲がっているね。怒る気にもならなかった」

「毎度毎度、疲れることだ。大東にもこんなハイクラスの物件がありましたっけと、坂本さんの白金《しろかね》のマンションを見せてあげたらいい。

当局は、大東を破綻させて、外資へ売り渡したいらしい。彼らの思考は全てがこうだ」

勝にはその時の、口を曲げてしゃべっている恵比寿の顔が見えるようであった。

銀行の決算発表の日が来た。

ＡＢＣ銀行は、恵比寿検査官と渋谷検査官の検査指摘を受け入れて、公表していた決算予想よりもかなり減益になった決算修正案を発表した。

連日の夜回り

夜一一時過ぎ、激しい雨が降っていた。

自宅前でタクシーを降りた勝に、黒い影が近付いた。

「勝さんですね。産業新聞です。ABCについて伺いたいのですが」

連日の新聞記者の夜回りで、「今日もきっとまた」と、予感のあった勝は、

「大変な雨の中をお疲れ様です。監査法人広報を通しておいでくださいなどと私はいいませんが、私はすでにABCの担当社員を交代しているのをご存知ないのですか。

それに、私の場合、お話しできることは何でもお話ししますから、こんな夜でなく昼間に、オフィスへ来てくださってよろしいですよ。監査法人オフィスなら記者クラブの近くですし、ここへだと一時間はかかりましたでしょう」

と、玄関に近付きながらいった。

ポーチの灯の下で向き直って記者の顔を見た。三〇歳くらいか。

「私の誠意を見ていただこうと、ここへ参ったとお考えください。勝さんが担当社員でないことは存じています。

でも、あなたのところがいいと、社の先輩にいわれて来ました。現担当社員の坂本さんは何も話してはくれませんから」

「当然でしょう。あなたも『公認会計士法』第二七条の守秘義務をご存知でしょう。坂本は何もしゃべれませんよ。それに私の場合は、何も知らないのでしゃべれませんし」

「一般論でいいのです。ＡＢＣはどうするとお考えになりますか」

「私はＡＢＣに関して何も知らないのですよ。三月決算のこの忙しい時期に、昔の担当会社のことなどに関心を持ってはいられません。ＡＢＣに何かあったのですか。それこそ教えてください」

勝は取材に来た記者たちにいろいろ質問する。

こんな場合、大抵彼らはよく教えてくれる。監査法人では摑めない情報を気軽にくれることもある。今日も思わぬことを教えられた。

「金融庁は、ＡＢＣが〝三〇％〟を考えて逆算して決算修正発表の数字を作った、といって怒っています。このままでＡＢＣはやって行けるのでしょうか」

「一般論ですが、理不尽な指摘でもひとたび検査結果を認めたら、次の決算にきちんとその結果を反映させるのが、銀行会計実務のルールとなっています。

ＡＢＣは金融庁の流す情報によって、いまではすっかり悪者呼ばわりされるようになってしまっていますが、実際はとても真面目な銀行です。だから、検査結果の通りにしているのではありませんか」

「今回の検査は裁量の塊といえるような、とてもひどいやり方だったようです。ＡＢＣは怒ってその結果に従っていないのかもしれません」

「そんなにひどかったのですか」

「恵比寿検査官は自分の前検結果も否認し、すぐ前のほかの検査官の特別検査も否定したとのことです。やりすぎてしまい、同時に行われていた他行の検査と、同一債務者の債務者区分が違ってしまったとのことです。

　私は個人的には、当局に逆らうことが得かどうかはともかくとして、ＡＢＣが怒るのは当然という気はしています」

「そんなひどいことが行われたのなら、新聞が書けばいいではありませんか。マスコミは不正を見逃さず記事にするのが務めでしょう。『正義の味方』『民主主義の番人』ではなかったのですか」

　思わず勝がいった。返ってきた言葉は正直そのものであった。

「ご高説は承らせて頂きますが、当局にはなかなか私どもも逆らえません。何しろいろいろと貰う情報の出所ですから。それに頭のいい人たちなので、逆ブラック・ホールのように手当たり次第、あっちでもこっちでも、あの役所は情報リークしているのですが、証拠や尻尾を摑ませません。証拠がなくては、書きようがありません。

　ただ、記事を書いたのがどこの新聞かで、誰から漏らされた情報かは、ほぼわかってはきていますが」

「ＡＢＣはかわいそうに。弱い立場のＡＢＣはどうなってしまうのですか……」

こんな玄関前での立ち話が、毎夜続いた。何度もの来訪で親しくなり、招き入れた応接間でコーヒーを飲みながら勝は、記者たちからたくさんのことを教えられた。

ＡＢＣの監査チームからも、銀行からも、直接の情報入手を監査法人の規則で禁じられている勝には、すばらしい情報源である。

こうして勝は、ＡＢＣを取り巻く事態がただならぬ状況であることを、正確に認識した。

そして、つくづく、

「ＡＢＣはかわいそうに」

と思った。

密会

勝はこのままでは、ＡＢＣ銀行も、セントラル監査法人も、破綻へ進んでしまうとの危機感を強くしていた。

新聞記者たちに教えられた情報から、坂本たち監査チームは提示されている決算予想を修正した決算案に、貸倒引当金不足で不適法の監査意見を付けるだろうとの確信に至っていた。

恵比寿検査と渋谷検査で、ＡＢＣは不良債権認定額を倍増させられてしまい、政府の方針により今後一年間で、二兆円を超えるその不良と認定された貸出金を、売却などをして貸借対照表の簿外とする処理（注34）を、強制されることになってしまった。

期間の限られた短期間での緊急処分である。その過程で損失が多額に出るのはあまりにも明らかである。

坂本たちは決してその損失発生の可能性（注35）を見落とすことはしないと、勝は確信したのである。

不適法意見の監査報告書など出されたら、ＡＢＣ銀行は破滅であり、セントラル監査法人も指導力の無さを問われ、会計士業界で立ってはいけなくなる。

勝は、決算案の再・再修正しか残された方策は無いとの思いに至った。

それをＡＢＣ銀行にどうやって伝えるかである。

勝の部屋の直通電話が鳴った。ＡＢＣ銀行企画部部長の大久保からであった。

「お会いしたい」

とのことである。

お堀端のホテルの喫茶室で二人は会った。銀行とも監査法人とも違う場所でなくてはならなかった。

「勝さん、どうしたらよいとお考えですか。このままでは破滅です」

疲れ果てた顔で、大久保がいった。

「そのことを私もずうっと考えてきました。金融庁はＡＢＣを潰そうとしています。間違いなくです。もう一度決算案を修正して、思い切って貸倒引当金を大幅に、それも金融庁が驚く程に積み増しましょう。肩透かしをしてやりましょう。

それしか生き残る方法はないでしょう。このままでは、うちは不適法意見を付けるでしょう。そうなったら銀行もうちもお終《しま》いです。それでは金融庁の思う壺です」

勝は一語一語を、大久保の顔を食い入るように見ながらいった。

「でも、税効果が心配です。坂本さんたちは税効果を五年分認めてくれるでしょうか」

「いまのＡＢＣの財務状態、収益状況で、税効果五年を認めないと、あの論理的で思考の精緻な坂本がいう訳がありません。

でも、私は介入できませんから、直接彼に当たってください」

「勝さんが介入できないのはよくわかっています。坂本さんにすぐに当たります。

でも、これで、二年連続の利益未達成となるので、たくさんのＡＢＣマンの首が飛びます。いまのうちには反対派もいます。変な動きが起こるかもしれません。根回しは大変でしょう。

でも、そんなことをいっていられる時ではありませんね。すぐに取り掛かりましょう」

「今日のことは私たちだけのことですよ」

勝が別れ際にいった。


勝は、ＡＢＣ銀行の西郷常務へ電話をした。

「すごいプレッシャーが金融庁から来ています。例の有名人のメッセンジャーが伝えて来るのですが、

『検査の結果を決算に厳密に織り込んだことをしっかり監査してみろ。六月には直接入検して状況を調べる。あんたの監査法人の立って行けることのみを考えろ。いつまでも金融庁があんたの監査法人のことに配慮してくれると考えるな』

とのことです。坂本たちが正しいと考えて、出そうとしている監査意見が気になるようです。銀行の状況はどうですか」

「監督局といろいろ決算方針について協議しているのですが、結論を出してくれません。もう関係のなくなっているはずの検査局の恵比寿氏が何かといいに出て来て、引っ掻き回していますす」

「監査チームは普通に考え結論を出すでしょう。

しかし、監査法人審議会はわからない。金融庁の圧力を感じています。金融庁リスクを考えて、超保守的な結論を出すかもしれません。全くもう会計の話ではなくなってしまっています。会計士など本当に弱いものです」

勝は弱気になって、西郷につい愚痴を漏らした。

西郷は心配気に、

「勝さんが頼りです。よろしくお願いします」

と電話口で深々と頭を下げた。

メッセンジャーからの電話

例の金融庁のメッセンジャーから勝に電話がきた。

「貸倒引当金は、ABCはよくあそこまで取ることにした。これでよいだろう。あとは税効果だ。いまの繰延税金資産の額で行くと自己資本比率が八％台の中ぐらいになるはずだ。このままでは、今朝の英国のフィナンシャルタイムズ（注36）が懸念をいっていたように、海外が納得しない。どんな理由付けでもよいから、繰延税金資産を削り、自己資本比率の八％を割らせろ。

割ったらすぐに公的資金が入るようにしてやる。それで、自己資本比率が八％以上に戻り、海外業務は続けられるようにしてやる」

「よくもそんなことがいえるものだ。

この国で、監査法人ぐらいが正義でなくてどうなるのだ。そんなことをしたら、それこそわが『セントラル』は立ってはいられなくなる。うちの審議会は正しいと信じる結論を出すだろう。それでこの監査法人が潰されるのなら、草葉の陰のわが監査法人の創立者たちも、許してくれるだろう」

勝は腹が立っていた。それもすこぶるである。

メッセンジャーに理解できるかを考えもせずに、日ごろの口癖を電話口で声高にいった。

「あんたは知っているか。『孟子』の離婁《りろう》篇の下に『為さざる在るなり。而《しか》る後に以て為すこと有るべし』とあるのを。われわれにはどんなことがあっても、してはいけないことがある。まさに原則を曲げて金融庁に迎合することだ。このしてはいけないことが何かを突き詰めていくことにより、何をすべきかが明らかになってくる。どう生きていくべきかが明らかになってくる。

われわれには、どんな脅しがあっても、それをしては生物の霊長ヒトとして、会計士としてお終いになってしまうことがある。

われわれは会計士だ。どんな圧力があっても、強制されても、正しいと考える監査意見を出さなくてはいけないということだ。

われわれは正しいと考えることをさせてもらうよ」

黙って聞いていたメッセンジャーが最後にいった。

「われわれは権力とのパイプを持ち、結ばなければ駄目だ。あんたは間違っている」

取られた頭取の首

セントラル監査法人の同意を得て、ABC銀行は決算案の再・再修正を発表した。二期連続の三〇％以上の「健全化計画」利益額の未達成である。

同時に、金融庁のルールに従って、ABC・ホールディングス社長、ABC銀行頭取、副頭取の退任をも発表した。ついに頭取の首が取られたのである。

金融庁の完勝であった。

その日の早朝、長く信頼し、付き合ってきた毎朝新聞記者の川路から、勝の自宅に電話があった。

「勝さんご苦労様でした。昨夜一二時少し前に、ABCが決算再・再修正の内容を監督局に説明し、承認されました。

私も気を揉みました。最後は、松下大臣も何もいわなかったそうです。

今回は一応終わったようですね。

でもまあ、あの海の向こうの代理人のことですから、これで全く終わったということにはならないでしょう」

勝は心から、

「いろいろご助言を頂き、ご心配も頂き、ありがとうございました。ぜひこれからもよろしくお願いします」

と、礼をいった。

金融庁大臣室

久世金融庁担当副大臣が松下大臣の部屋へやって来ていった。

「完勝しましたね。大臣もお喜びでしょう」

「君はまだ甘いね。私には全く不満足だ。ＡＢＣに公的資金を入れ国有化し、ウォール街のわが友、サティーのマンディー・ライズに渡してやることができなかった。

ＡＢＣにはまだ気力も財務力も残っているようだ。業務改善命令をたくさん出してもうしばらく叩き続け、その命令に絡めて関係役職員のパージを広範囲にやらせて、気力を挫《くじ》き、有力な子会社なども売らせて財務体力を弱めなくては、マンディーへ引き渡せないだろう。しかし、ＡＢＣ本体については今回できなかったが、これで、ウォール街の友たちが欲しがっている商社も、信販会社も、マンション・不動産会社も、ＧＭＳも、いい値で渡すことができるだろう。少しは約束が果たせる」

「いつものことながら、大臣の執念には勉強させられます。

それにしても、うちの職員もよく働いてくれました。ポストをちらつかせれば、馬車馬であることを知りました。この手は今後使えます。目から鱗でした。

特に、恵比寿君は凄まじい働きでした。定年までもう一年です。彼は何を考えてやったのでしょう。ＡＢＣをいたぶることに、めらめらと炎が燃え立つような喜びを持ち、楽しんでいるかのようでした。見ていて、あんな男には狙われたくないものだとつくづく感じました。

何か報いてやりますか。どうしましょうか」

「もう役目は済んだ。君のいうように彼は、この仕事を楽しんだのだろうからほうっておこう。どこかへ嵌め込むことなどは無理だ。銀行業界では、大変に嫌われてしまっている。消えてもらえばいい」

「ところで、大臣はこれからどうなさいますか」

「代議士になれとの話がある。貸しが増えるならそれもよいが、やるとしても当座の短期間ということになるだろう。

いずれ私は、役立ってあげた友人がいる海の向こうへ行く。いまだって法的な居住は向こうなのだから、飛行機に乗るだけだ。そして、あの大学で教授を数年やり、それから今回のことを喜んでくれているウォール街のメゴリル投資銀行へ移ることになっている。

私の後の大臣は久世君、君だ。君に、ＡＢＣをマンディーに渡す役が割り振られるということだ。君もそれくらいの褒美を貰ってもいい。

ところで君はいつまで政治を続けるのだ」

「まだ続けますよ。松下大臣のようなよい上司を持ち、安全な方法をたくさん学びました。これからが稼ぎ時です。私も関係のできた海の向こうの友たちを喜ばせますよ」

実際に三カ月後の内閣改造で、久世は松下の後任として金融庁担当大臣に就任した。


「天道は是」

いまは地方銀行の頭取になっている木村毅彦から、勝に電話がかかってきた。

木村は、やはり恵比寿が二年前に指揮をした前回の一般検査の、ＡＢＣ銀行側の対応責任者であった。勝とはいわゆる、古くからの戦友であり、心の底から信頼し合っている関係にある。

「勝さん、まだまだ危機は続くでしょうが、ひとまずはご苦労様でしたね。あなたのことだから、担当社員でなくなっても、いろいろご配慮されたことでしょう。

一段落したここで、気になることがあるのでお尋ねするのですが、新聞に処理されるとして個社名が出て、ＡＢＣはそれらの会社を一年以内に処理しなければならないと書かれています。

どうせ金融庁が漏らしたリークでしょうけど、処理される個社の貸借対照表と損益計算書は、大きく修正などされるのでしょうか。業績も計画を上回っているのになぜ、産業再生機構などへ持ち込まれるのでしょう。個社内容の評価減などがされるのでしょうか。産業再生機構は金融庁の配下というか、出先のような組織なので、何をしでかすかわかったものではありません」

論客木村ならではの質問である。

勝が考えを整理しながら、話し始めた。

「ご存知のように、金融庁はなり振り構わず、目線をすっかり変えて、前回検査の結果をものの見事に無視して、それら会社の債務者区分を格下げし、ＡＢＣにその結果を呑ませました。

おかしな話ですが、松下大臣が国会でしゃべっているように、検査局の検査結果を、それが正しかろうが正しくなかろうが、銀行が認めた以上、その結果を次の決算に織り込むことが銀行会計実務のルールのようになっています。お上は無謬《むびゅう》というわけです。あの裁量の塊の検査が常に正しいということです。

こんな状況ですので、私は銀行のように当局検査のある業種には、もう公認会計士監査は要らないといっています。アホ臭くてやっていられません。

このおかしなルールに従い、仕方なくＡＢＣは検査結果を取り込み、決算案修正発表の数字を組み、公表しました。

それに、検査の結果、銀行の不良資産は倍増してしまいました。銀行はその不良資産を来年三月までに半減させることを約束させられています。決算を組む作業と並行して、半減の処理方法をも急ピッチで検討していました。

短期間に多額の債権売却などの処理をすれば足元を見られるなどして、通常は損失が嵩《かさ》みます。その損失の見積額がはっきりした段階で、ホールディングスの社長が新聞でいったように、その損失を取り込み決算案の再・再修正を行ったのです。

不手際のようで格好の悪いことでしたが、時間的にこの方法しかなかったのでしょう。

こうすることによって、あの勇敢で、健気な銀行マンたちは首を差し出して、銀行を守ったのです。

ですから私は、個社の決算は、銀行の引当増とは関係ないと考えていますよ。個社の決算は当然に正しく、銀行の決算も正しいということです」

「そうですか。わかりました」

木村が続ける。

「もう一つ聞かせてください。私が対応した前回検査で、恵比寿は案件を一件一件検討して、自分好みに貸倒引当金を取らせ、その結果を満足して承認しています。多くは過剰引当でしたよね。例のマンション・不動産会社大東の四谷ビルなどは、評価より一〇〇億円も高く売れています。それなのに恵比寿は今回、さらに大幅に追加引当させたそうです。

それに恵比寿は、前回の代々木さんの特別検査結果も否定しているとのことです。自分のやった検査結果ばかりでなく、ほかの検査官の指揮した特別検査の結果も否定したのです。

なぜＡＢＣは、そんな異常な検査結果を呑んだのでしょう。どうしてもわからない。何か理由があったのでしょうか」

「役立たないと知りながら、いんちきな制度の『意見申出』などまでしておきながらですから、私も不思議でなりません。

検査忌避で訴訟するなどと脅されていましたから、真面目な銀行故に気が挫けたのかもしれません。この脅しは効いたかもしれませんね。銀行が一般に持っている当局に対する気弱さが、出てしまったのかもしれません。

でもやはり、なぜ徹底的に抵抗しなかったのか、私にも不思議でなりません。押し切られればどうなるかは見えたでしょうから、なおのことです」

「そうですか。勝さんも疑問に思っているのですか」

木村は釈然としなかったが、

「ところで、今回の金融庁は本当にひどいですね。まだまだＡＢＣ叩きは続くのでしょう。やはり、米国に売るためとの噂は本当なのでしょうね。全く正義がないですね。国益などこへ行ってしまったのでしょう。これでは銀行業に、この国に、夢を持てなくなりますね」

と、早口になっていった。

勝が続きを引き取って、ゆっくりした口調で話し始めた。

「本当にひどいですね。でも、このままあのカエルの面へ水の輩の思惑通りに、米国へ売られるようなことになっては、わが国の将来がありません。耐えて生き残り、できることは何でもやって、この状態を変えていかなければいけません。

お互い、歳を取ったなどとはいっていられませんね」

勝の口調のテンポになって、木村もゆったりと続けた。

「そうですね。正義の政治家が、そして国益を見据えて行動する肝の据わった当局者が出るでしょうか」

「『天道は是《ぜ》』（注37）と、信じたいですね。きっと信のおける政治家とそれを助ける役人が出ますよ。ここは日本国なのです。私はそう信じていますよ」

勝は自分にいい聞かせるように、そう付け加えた。

反撃

金融庁は、ABC銀行に対して、前例のない多数の業務改善命令を矢継ぎ早に発出した。腹の黒子《ほくろ》までを指摘するような書き振りの命令であった。

そして、発表された役員候補者、発令された部長名簿に対しても、報告や説明に来たABC銀行の担当者へ、

「大国部長はどうですかね……」

などと、個人名を挙げてのあからさまなつぶやきや、お手の物のマスコミへのリークを使

い、露わに圧力をかけて干渉した。

新聞に出た役職者の異動発令が、一週間も経たずに取り消されるケースもざらであった。

金融庁は定例記者会見で、記者に、

「役職候補者案に圧力をかけることをしたのか」

と、わざと質問させ、

「そんなことは決してしてはいけないし、当局がする訳が無い」

と、答える演出までをした。

こうして、ABC銀行を動かしていた誇り高き銀行マンたちの名前がほとんど、銀行組織の表面から消え去った。

六月になって金融庁は、新検査制度として発表していた、大口貸出先への検査を大掛かりに開始した。

性質《たち》の悪い教師に当たった中学生のように、優等生に育つよい芽は引き抜かれ、踏み潰され、輝いていた企業が軒並み、札付きの不良生徒のようになって行った。

ABC銀行には、そんな理不尽に抵抗する気力が残っていないかのようであった。

ABC銀行は表面上恭順の意を表し続けて、金融庁の理不尽な扱いの為すがままであった。

松下大臣の独壇場であった。

そんなころ、ダイヤモンド銀行の元頭取・島津成久《なりひさ》のところへ、ABC銀行元頭取・毛利敬明《たかあき》から「お会いしたい」との連絡が入った。

島津と毛利は数年前の、旧銀行時代に、合併協議をした仲である。その時は、まだ時期ではないと両者は合意し、その計画を凍結したままにしてある。

彼らはそれ以来、退任後も、定期的に会って意見交換を続けてきている。

連絡を受けた瞬間、島津は、毛利の話の内容が予測できた。

ついに時機が来たのである。島津は、今日まで毛利を生かしてくれた神に感謝した。

島津と毛利はいつものレストランの、同じ席で向かい合った。窓越し遥かに富士山が見える、よく晴れた日の昼時であった。

ABC銀行元頭取の毛利が話し始めた。

「ついに、時が来たようです。このままではABCは、松下金融庁の望む通りにされてしまいます。わが国にとって、ABCを米国に売り渡す訳にはいかないでしょう。ダイヤモンドとの統合をお願いします。ABCには全く反対がありません。

永田町の先生にもご説明をしておきました。賛成だと申されていました。幹事長に話しておくとのことでした。

また、ありがたいことに、三友銀行の山内《やまのうち》社長も全力で支援するとご連絡をくださっています。その時、『三友の事業は国家をも利さなくてはいけない』という例の三友家の家訓までを電話口でおっしゃっていました」

ダイヤモンド銀行元頭取の島津が、毛利の瞳を見据えていった。

「松下金融庁は、狂気そのものです。見境がありません。

少し前まで当局者は、こんなことをしてよいなどと決して考えなかったものです。わが国の公務員魂は死んでしまったのでしょうか。自分たちの利益にしか目が無いようです。米国にすっかり精神的に拉致《らち》されてしまったのでしょう。オカルト宗教の信者と同じです。

そんな者たちが権力を振るっています。恐ろしいことです。何をしでかすかわかったものではありません。

このままではわが国は、海の向こうにしゃぶりつくされてしまいます。この国を守らなくてはいけません。おっしゃる通り、統合の時期が来たようです。

毛利さんもご存知のように、ダイヤモンドは財務内容はいいのですが、収益力がいま一つです。そこへいくとＡＢＣの収益力はすばらしい。一緒になれば、ウォール街に十分に太刀打ちして行ける銀行になるでしょう。私たちの夢が実現します」

「ありがとうございます」

毛利が頭を下げた。

そして、彼らはワインのグラスを合わせた。澄み切った音が響いた。

毛利は赤い液体が喉を下って行くのを感じながら、首を捧げて銀行を守ったABCの銀行マンたちの顔を思い浮かべた。

みんな微笑んでいるかのようであった。

＊　＊　＊

カサカサと何かのすれる音で勝は目を覚ました。びっしょり汗をかいていた。勝は椅子にもたれて居眠りをしていたのである。かなりよく眠り込んでいたようである。

網戸にシオカラトンボが羽をぶつけて音を立てていた。トンボの複眼に、電気スタンドの光が映ってキラキラ光っているのが見える。空が白み始めていた。

第三章　大日本郵便公社民営化

大日本郵便公社監査

勝は、わが国最大の企業体である大日本郵便公社の会計監査責任者を第二期、第三期と二年間務めてきた。

郵便公社の民営化法案が国会を通過して、民営化のための持株会社が設立された時、おり悪くムトーボウ粉飾事件が深刻化していたため、セントラル監査法人は、持株会社の会計監査人には選任されなかった。この事件がなければ、セントラル以外が持株会社会計監査人になることなどは、ありえなかったであろう。

勝が率いる郵便公社会計監査チームは、強力な組成であった。責任者の三人のパートナー以外に、それぞれの事業部門統括として若手パートナー七人が関与し、一五〇人を超える公認会計士、会計士補、IT専門家が、補助者として参加していた。

このチームは勝の方針により、会計監査目的ばかりでなく、民営化に向けての郵便公社の内部統制組織の整備・運用状況の改善支援でも、目覚ましい役立ちをしていた。このことは郵便省の担当官も郵便公社の役職者も、共に認めるところであった。

持株会社の会計監査人には選任されなかったが、郵便公社が存続する平成一九年九月までの会計監査人は必要である。

郵便公社の会計監査人の選考は、『大日本郵便公社法』の定めにより、年度ごとに郵便大臣が行うことになっている。実際の選考手続きは、大臣の委任を受けた郵便政策局長が行う。

大日本郵便公社の前身、大日本郵便事業庁が大日本郵便公社になった三年前の第一期目の会計監査人選考においては、応札後に応札報酬金額の差し替えを認めるなどといった不可解なことがあった。そして結果的に、有力な郵便省幹部職員を監査法人に受け入れていた、セントラルのコンペティター・神楽坂《かぐらざか》監査法人が、報酬金額を提示し直し最低額として、監査人に選任された。

郵便省副大臣を務めていた勝の小学校の後輩が、応札金額を見て連絡をくれた。

「セントラルとは比較にならない額ですよ。勝負になりません」

とのことであった。勝は応札後に、応札金額の差し替えを認めた役所の行為の意味を知ることとなった。

二期目においてセントラルは、前年度と同額の報酬金額で応札した。

この金額は、ディスクローズ誌と第一期中に集めた様々な公表データに基づき経営管理の状況を推測検討して算定したもので、二期目の現状でもやはり、合理的と考えられるものであった。

第一期の会計監査人神楽坂は、その後伝わってきて知ったのだが、実績時間が応札時の予定時間を三万時間ほど超過して大赤字を発生させた。その大赤字、多分四億円に近い額を取り戻そうと、大増額した金額で二期目に応札したとのことである。

一般の事業会社の会計監査の場合、一度会計監査人に選任されると一年で変更されることは通常ありえない。そこで、安い報酬で契約を取り、次年度に大幅報酬値上げを行うことがよく採られる戦術である。

これは常套手段ともいえる方法である。神楽坂はそれと同じに考えたのであろう。

しかし、監査の効率、役立ちを重視することに慣れていない役所的発想から、第二期の選考も、ほとんど報酬金額だけで検討されたのであろう。第二期の会計監査人には、セントラルが選任されることになった。

監査チームへの信頼

第二期の監査の開始に際して、前任の神楽坂から業務の引継ぎを受けた。だが、その引継ぎ内容はほとんど、開始された検討作業で利用することができなかった。勝たちは結局、全ての郵便公社の業務サイクルを独自に検証し直す必要があることを、すぐに認識した。

この点で、勝のチームの監査時間の見込みは大はずれであった。全監査時間を一万時間ほど、すなわち一四〇〇人日（注38）強を予定して、損益トントンの報酬額で応札したのであるが、そんな甘いものではないことを知ったのである。

郵便公社の業務には会計士の名誉が懸かっていると考えて、業務開始後すぐに監査計画を変更し、必要な検証は全て独自に一からやり直すこととした。

その結果、年度の監査業務が終わってみると、監査時間は、三万五〇〇〇時間、五〇〇〇人日ほどになってしまっていた。

事業年度後に行われた日本公認会計士協会の監査品質レビュー（注39）や、金融庁の公認会計士・監査審査会の検査において、受嘱《じゅしょく》に際してダンピングをしたのではないかと、しつこく質問を受けた。

郵便公社についての規模や内部管理体制などに関して、何ら情報をもらえない状況で応札せざるをえず、見込みを間違えてしまったと、勝は正直に説明した。

すると、金融庁の監査審査会の、本職は検事だという女性検査官が、

「そんないい加減な状況で監査契約を受嘱するのか。監査基準によると、内部統制をよく理解して、監査に堪えうる会社か否かを判断してから、受嘱するか否かを決めるのではない

か」

と、ニコリともせずに、全くの教科書的正論を開陳した。

勝も大エラーをしてしまったと思っていたので、

「お恥ずかしい。大チョンボでした」

と答えた。

納得したのかどうか定かでなかったが、

「文書でその旨書いてください」

ということであった。

これは大きな検査指摘事項とされたかもしれない。「会計士の名誉が懸かっていたのです」などといっても、公務員である検査官には理解できなかったであろう。会計士の業務には損益を無視せざるをえない、名誉が懸かる場合が結構あるものである。

勝も年間で六〇〇時間ほどを郵便公社業務に使うことになった。年間勤務時間が二四〇〇時間ほどの勝にとっては、長大時間である。

結果として契約別損益は三億円を超える大赤字であった。

しかし、監査チームの郵便公社内部統制組織とその運用状況への理解は、著しく深いものとなり、その改善に大きな役立ちも果たした。

その結果、郵便公社の各事業担当役職員も、勝の監査チームへ大きな信頼を寄せることになった。

郵便公社に関心のある外部の人たちの中に、勝たちの仕事振りを評価してくれる人もいた。評論家の大中健二が講演会で、どんな脈絡で出た言葉か勝は聞き損なったが、

「昨今の会計監査で、信用してよいのは郵便公社監査だけだ。あの監査チームはすばらしい」

と話していたと、出席した知人が電話で知らせてくれた。あまりにも過分な言葉に勝は苦笑せざるをえなかった。

こんな信頼からか、ムトーボウ事件が発覚していたにもかかわらず、大日本郵便公社第三期事業年度の会計監査もセントラルが担当することになった。

「辞職願」凍結

役職定年になった日、平成一八年五月三一日の午前一一時過ぎに、勝は、郵便公社監査部副部長の吉川亮二に、評議員会議長室へ来てもらった。勝は郵便公社監査部部長として、副部長吉川に絶対の信頼を置いてきた。

吉川は将来を嘱望されているパートナーで、第二期、第三期の郵便公社会計監査において、業務全般の統括機能と郵便事業部門の会計監査を責任者として担当してきた。二期間にわたる郵便公社監査が目的を十分に果たして来られたのは、彼の能力に負うところが大きいと勝は考えている。

勝は、その吉川に誰よりも早くに、役職定年を機にパートナーを辞任することを、話さなければならないと考えていた。

「吉川さん、私は昨年一二月末に、『役職定年を機にパートナーを辞任する』との届出を出しました。監査法人での私の役割は終わったと考えたからです。パートナー脱退の希望日は、定年退職者の統一定年日の七月三一日です。人事担当理事には、脱退手続きを早く始めてくれるように先程いいました。

ですから、郵便公社の第四期事業年度監査の応募準備とプレゼンテーションは、現関与社員の川田力さんと吉川さんが責任者となってやることになるのでしょう」

ここまで話して、勝は言葉を切った。

吉川がすかさず話し始めた。

「お考えは察していました。でもそれは、考え直していただかなければならないと思います。ムトーボウ事件で、セントラルの多くのパートナー・スタッフが意気消沈している時です。

大日本郵便公社の第四期監査はぜひとも獲得しなくてはなりません。これが皆の元気付けになり、セントラル再生の新しい力の一つになります。そのために勝さんにはぜひ残っていただかなければなりません。

それに、郵便公社の太田総裁とサシで話ができるのは勝さんだけですし、郵便公社ばかりでなく役所の人たちの勝さんへの信頼も抜群です。第四期のプロポーザルには勝さんの名前がなくてはなりません。プレゼンも勝さんにしていただかなければなりません。

まだ法人の通常定年までは二年あるではありませんか。郵便公社は最後の事業年度まで、勝さんに関与していただかなければなりません。是非にお願いします」

熱弁であった。

勝は全ての関与会社の担当を役職定年の時に標準を合わせて交替してきた。郵便公社についても第三期をもって責任者を交替する考えであった。

勝に、吉川のいうことがわからない訳ではない。そのことを考えなかった訳ではなかった。でも人が組織を去る時はいつもそんなようなものと考えていた。それらを全て呑み込んで決意したのである。

だが、ムトーボウ事件は想定外の出来事であった。勝は自分の裁量の域を超えたところで、事態が進行していることを感じない訳にはいかなかった。吉川の言葉を聞きながら、たくさんの考えが頭の中を巡りまわった。

こんな時、何が何でも己が事情を押し通すような無理はしないのが、彼の生きてきた作法でもある。勝は裁量を超えたその意思に身を委ねることにした。

「わかりました。一緒に全力で獲得を目指しましょう。郵便公社に役立てるのはセントラルだけです。

しかし、郵便省のお役人には別の論理があります。苦しい戦いになるでしょう。知恵を尽くし、元気を出して、プロポーザルを作り、プレゼンをやりましょう。結果は、私たちの知恵次第です。頑張ってやりましょう」

こうして、勝のパートナー「辞任願」は、一時凍結されることになった。

民営化法案

平成一八年六月の三禄会のテーマは、安井赳夫による「大日本郵便公社の民営化問題」が計画されていた。

衆議院議員である安井は、民営化法案の採決で反対票を投じたため、現在与党から除名されている。郵便省担当大臣の経験のある安井は、大日本郵便公社民営化問題では、政界での最強の論客の一人である。

大きなテーマということで、安井が、問題の概況とことの推移を担当し、東慶大学大学院教授の高井琢磨が理論的なことを話す分担で例会は始まった。

勝も公社の会計監査人を二期間務めてきていたし、他のメンバーも郵便公社についてはいろいろ関係し、考えても来たので、総がかりでの議論になった。

勝の話す公社の事業の概要から始まり、安井が、閣議決定された『民営化の基本方針』など民営化法案の内容を解説した。

皆が開いたレジメは、赤や青のマーカーで色が塗られ、書き込みがされ、付箋《ふせん》が付けられたりしていた。各々はかなり予習をしてきたようであった。

そして、

「それではなぜ、このような理由付けで、こんなに急いで、郵便公社を民営化することになったのだろう」

と、安井が続きを話し始めた。

「郵便公社の行っている事業運営が、この民営化法案などでいっているように効率的でなく、金融部門の集めた資金が財投を通じて非効率に使われているとの議論は、久しくされてきたことは皆も知っているよね。

それを受けて現在、あまり知られていないのだけど、郵便公社資金の財投への投入方法の改革は進行中で、平成一九年度中には完了することになっている。

でも事業運営が効率的でないという指摘には、当たっている部分もある気がする。

しかし、なぜ、小沼総理は、『郵便公社の四機能分割は、改革の本丸中の本丸』などとヒステリックに、大げさにいい続けてきたのだろう。私は、公社の国営維持を主張する『大日本郵便事業懇話会』の人たちとは全く考えが違うが、なぜ小沼総理がこの時期に、ほかに重要な国政上の案件が山積しているのに、郵便公社民営化に執念を燃やすのか理解できなかった。

彼のいう欠陥の改革に対しては、国営は維持したままで、丁寧に一つ一つの機能の非効率を改善していくことを制度化するなど、衝撃が少なく実現可能性の大きなより合目的な方策がほかにいくらでもある。民営化などと、実現した先がどうなるか見えない方法によらないほうが、リスクがずうっと低いのだ。

いまわが国では、憲法問題、教育問題、少子化・高齢化問題、年金問題、財政構造改革問題、北朝鮮による拉致問題、中国との関係改善問題、ロシアとの北方領土問題など挙げればきりがないほどに、すぐに手を付けなければならない案件が目白押しだ。彼は、これらの問題が困難すぎるので、手を付けたくないために、『郵便公社民営化』を唱えてきたような気がする」

「同感だね。小沼さんは一番手を付けやすいことをしていると思うよ。この郵便公社問題に手を付けるのなら、安井君を抜きではありえない。でも安井君にやられてはきっと困る人がいるのだろうね。哲人・中村天風先生の弟子は邪魔にされたようだ」

郵便事業に関心の強いオーカワ・ホールディングス会長の大川がいう。彼の展開する大型スーパーの多くには、郵便公社の出張所が入っている。

安井がニコリとして続ける。

「彼が民営化について語ってきた言葉は膨大だ。

『官から民へ』

『郵便公社職員が公務員であることをやめ、郵便貯金、郵便簡易保険の政府保証をはずし、郵便事業から税金を徴収する』

『四〇〇兆円の郵便貯金・保険の資金を効率的に使う仕組みに』

とか、民営化の閣議決定の文章のままの内容を細切れのワンフレーズに落とし込んで繰返してきた。閣議決定の文章をより深めた内容は語ってきていない。深みのない内容を声高々にいい立てて、国民を踊らせることが目的ではないかと考えてしまう。

勘がよく世論操縦がうまい彼ならやりかねないとも思う。全く彼の真意が理解できない。

また、

『構造改革なくして景気回復なし』

とか、

『聖域なき改革』

『日本を変える』

『自立自助の国』

『役人がやらなくてもいいことをやっている。役人を減らすなら、仕事を減らさなければならない。本来、官業は民の補完だ』

とか、

『諸国からの投資対象として魅力のある国に』

『必要なところには、財投でなく税金を投入しなければならない』

などと、郵便公社民営化とは関連ないことをさも関連あるかのように、一層抽象的なことをたくさんに口走り続けている」

「あの人には深みのあることはしゃべれないね。演技でなしに、地そのもので、軽いことばかりを脈絡なしに語っているね。彼によると『人生いろいろ』だからね。聞かされてうんざりした一連の語りを、恥ずかしげも無くやっている」

文章家でもあるメガバンク会長の石黒がいう。

安井はお茶を一口飲み、レジメを確認して続けた。

「まあ要するに、小沼さんのいっている郵便公社改革とは、四事業のどんぶり経営を絶ち、分離民営化し、民間会社と競争させ、郵便貯金・郵便保険資金を国債や財投から切り離し、資金が民間に向くようにしたいといっているようだ。

『民でできることは民で』ともいっている。この言葉は気軽にいっているようだが気になるね。どうも、この『民』は中身がなかなか曲者なように思われる。ときたま発言が新聞に出る米国生命保険協会のフランク・キーティング氏の、『民間の生命保険会社と対等な競争条件を確立すべきだ』ということから推測すると、そこに公社民営化の本質がのぞいているような気がするんだがね。

この『民』には当然に、『米国系生保』が含まれている。医療保険やがん保険などの『第三分野』の保険商品は、米国系生保会社が政治力を頼って、すでに日本市場の支配を獲得している。日本製は少ししか無いのだから、きっと皆も米国製の保険商品を買わされていることだろうね。

彼らにとって公社は強敵なので、民営化されて政府出資が無くなり、『競争条件が同一』になるまで、郵便公社は保険新商品を取り扱うべきでないといって、日本政府に圧力をかけているのだろう。

ほぼ二〇年ぐらい前になるのかなあ。『日米円・ドル問題』の時代には、とても難しい状況の中で、国益を考えて努力した政治家や官僚もいた。だが、昨今の日本政府は、米国のいうことをほぼ何でも、無条件で受け入れてきているね」

「『日米通貨交渉』（注40）という本がある。プラザ合意のころの日米の交渉を、資料を基に辿っている本だ。あのころの米国の役人もわが国の役人も、それぞれの国益を守ろうと真面目で真剣だったね。この本の登場人物の一人にそんな読後感をいったら、『政治家が守ってくれたからできた』との答えが返って来た。米国側も弁《わきま》えのある立派な人物たちであったようだ。この本は硬くて、長いものだが、お薦めだね」

石黒が推薦する。

「その本は僕も読んだよ。はしょりながらだけどね。僕もよい本だと思った。石黒君、ありがとう」

と安井がいって、

「さて、ここで切り口を少し変えてみようか」

と続きを始めた。

「閉塞感いっぱいのいまの日本経済の再生には、政治の果たすべき役割がとても重要になるね。政治家は時代に合った理念のイメージを、国民に言葉ではっきり示さなくてはならない。昔、岸総理は、『そりゃあ、一億日本国民をどうやって食わせるかだ』といったし、竹下さんは、『国民に夢を与えるのが政治の役割』といった。

小沼さんだったら、『日本の沈没阻止と日本の再生だ』というべきなのだろうに、断片的なことしかいわない。具体的な民営化の効果や民営化後の郵便事業のあり方、日本経済の仕組み、日本社会全体の姿、さらにマイナス面の内容とその克服方法などを語るべきなのに、先の選挙戦の遊説でも何も語らない。わざといわなかったのではなく、言葉で語れるかどうかの資質の問題なのだと思うのだがね。

選挙ではぜひとも、郵便公社民営化で国債の行き場が失われるという危機を国民に語るべきであったし、郵便公社が進行させてきた改革の成果を評価して語るべきだったし、財投でも郵便公社が関係する『入口』改革は進行していることを説明すべきであった。

さらに、改革は、強い企業も作るが、多くの乗り遅れる中小企業を作り、失業が発生する可能性があることを語るべきであったし、財政赤字の悪化の現状を明らかにして示し、増税の可能性を語るべきであったよね。

手練手管に長けた彼に、こんなことを望んでも甲斐ないことだがね。郵便公社改革は、財政、財投システム、特殊法人問題、金融、物流、地方自治などに関係する広がりの大きいテーマだが、民営化を目指す首相の最大の狙いがこれらのどこにあるのか明確でない。彼の本意は、これら以外にあるのかもしれないという気が膨らんでくる」

「安井君。ちょっと休憩にしようや。皆の肩に力が入っている。ストレッチだな。とても脳や腰にもよいのだよ」

脳外科医らしく西本がいって、

「お加世さん、お茶ね！」と襖を開けた。

民営化の真の狙い

小休止の後、安井がふたたび説明を始めた。

「僕の話はもう少しだ。でも、ここからが触りの箇所かもだよ。

さて、一連の小沼さんのいっていることを聞いていて僕は、米国政府が毎年一〇月ごろに日本政府に突きつけてくる公文書、『日米規制改革および競争政策イニシアティブに基づく日本国政府への米国要望書』の文章を思い出したんだ。

この内容は、恐ろしい内容で、日本の各産業分野に対する構造改革や規制緩和の要求が書かれている。すなわち米国企業が日本進出する際の障害になる日本流制度を、米国流へ変更することを求める事項が記されている。

その記載は詳細を極めていて、電気通信、情報技術、エネルギー、医療機器・医薬品、金融サービス、競争政策、行政慣行、民営化、法務制度、商法制度、流通制度と多岐にわたっている。この文書はインターネットのグーグルで簡単に手に入るよ。

でもなぜか、新聞にはこんな文章があることさえ出ないね。

政府はその要求内容を関係省庁へ割り振り、実現に励んできた。

その『イニシアティブ』の二〇〇四年版には、

『米国は、小沼総理大臣の思い切った経済改革の課題を強く支持しており、（中略）「構造改革なくして日本の再生と発展はない」ことを再確認し、日本が意義ある経済改革を達成する努力を継続していることを歓迎する』

と前文でいい、さらに続けて、

『米国は、大日本郵便公社の民営化計画が進んでいることを受け、勢いを増している日本における民営化の動きに特段の関心を寄せた。これに関して、日本経済に最大限の経済効果をもたらすためには、大日本郵便公社の民営化は意欲的且つ市場原理に基づくべきだという原則が米国の提言の柱となっている』

と記されている。

これを見てハタと悟ったのだよ。小沼さんの民営化は、米国の要求そのもの通りをやっているのではないかと。その舞台回しは、『対日投資会議』副議長の松下大臣のようだがね。やはりねと思ってしまう。

小沼さんがいろいろいってきたことを思い出して挙げてきたのだが、なぜ現在、郵便公社民営化を急ぐのかが、この米国の文書を考え合わせると、理解できる気がしてくる」

「『イニシアティブ』の文章は毎年読んでいるよ。役所にもいろいろ事情があるのは後輩たちに聞かされているが、よくも抜け抜けとと僕は感じるね。米国に全く余裕が無くなってしまっているようだ。大変な時代なのだと実感するよ」

大蔵ＯＢで国際海洋経済研究所理事長の大山がいう。

「その文章は大学院のゼミで毎年使っているよ。とてもよい教材だ。学生は真剣に、危機感を持って読んでいる」

大学教授の高井が続けた。

「それではここで、高井君に基礎的な部分の整理をしてもらおう」

安井は高井の顔を見た。

『イニシアティブ』の文章をゼミで教材としていると紹介した高井が、うなずいて、低い声で話し始めた。

しゃべることが商売の大学教師なのに、弁舌はあまり得意でないようだ。脳の思考のほうがしゃべる口の遥か先へ、行ってしまうのかもしれない。

「いま、安井君の話に『イニシアティブ』の中の言葉として出てきた『市場原理』とは、『自由市場の原理』ということで、労働を含む全ての財の価格が、それらの社会の持つ影響と無関係に変化するタイプの経済を意味している」

しゃべり方はともかく、その内容はきっちり決まっている。こうして高井の『自由市場原理』の講義が続いた（注41）。

長い話がようやく終盤に差し掛かり、

「現在のグローバル自由市場は、時間が経ってみれば、消滅した共産主義のコストに匹敵する莫大なコストを、発生させたことが明らかになるだろうね。

現にもう、自由市場を目指している中国では、一億人以上の農民が移動労働者になってしまっている。それから、先進国社会でも、何千万という人々が仕事にあぶれ、社会から脱落して行っている」

と高井が嘆息気味に語った。

ここで昨年中国を旅行した勝が発言を求めた。

「昨年の秋に二年振りに、中国を旅行したのだが、中国社会の変化が益々スピードを上げていて、とても広範囲で、方向性に規範も無いのに驚いたよ。二年前に同じ場所へ行った時の街角は、無くなってしまっていた。何でも『カネ、カネ』の状況が一層進んでいた。あれを見ると悲しくなるね。

自然環境の汚染の進み具合も凄まじかった。植林をしているのだが、植える先から枯れてしまっているようだった。極端な表現だが、このまま行くと、『中国が文明を興したかもしれないが、この文明を滅ぼすのも中国』になるのではないかと、怖くなったね。春先の黄砂もひどくなるし、輸入食品も危ないし、中国の今後は要注意だと考えてしまったよ」

と語ったら、

「僕は聖賢の書の国・中国が大好きだが、確かにちょっと食い物も水も怖くて、最近は行く気になれないでいるよ」

とオーカワ・ホールディングス会長の大川が受けた。

高井は、

「最近の中国のことを一度ここでやらせてもらおうかな。この秋でもいいよ」

といって、締めくくりへ話を進めて行った。

「市場は、小沼改革でいっているように自律調整できるものではない。

適切な制度や公共部門の支えを失えば、社会の基本的な思考、信条を瓦解させてしまう。経済・社会システムそのものの持続可能性が危機に瀕してしまうことになる。

『機会の不平等』は、市場化の行きすぎのせいで、経済が様々に『分断』された結果として生まれているのだ。

構造改革でいう『機会の均等』とは、弱者も強者もハンデをつけることなく競争することと考えられている。これでは透明なルールでの競争などといえるものではない。弱者はいつも敗北してしまう。奮起する気さえも奪われてしまう。公平なハンデを設けてこそ、機会の均等なのだよね。

大学の教室でのような話はひとまずここまでで、安井君にバトンを戻すことにしますか」

皆は学生に戻ったかのように、メモを取りながら高井の話を聞いていた。

米国の事情

「大山君、急で悪いのだけど、財投のことを整理してくれないか」

安井が、大蔵省時代に理財局長であったこともある大山健一郎にテーマを振った。

急にテーマを振られた大山だが、あわてた風もなく話し始めた。

「高井君の話を聞いていて、財投の件で話が飛んで来るなと予感していたよ。でもこのテーマは私にとって、当事者の一人であったこともあり、まだホットすぎるので別の機会に回させてよ。

ただ、今朝、財務省の『財政融資資金月報』今年の三月分を見てきたのだが、財投の残高は、三三九兆円になっていた。随分と減ったものだ。この資金は右肩上がりの成長の続いた一九八〇年代までは日本経済への貢献がとても大きかったと私は考えているよ。

このテーマは今年の最後あたりの三禄会で、高井君の中国の講義のあとでやらせてよ。覚悟して準備しますから。

財投のことはそうさせてもらって、安井君から米国のごり押しの真意について考えを聞きたいね」

大山はニコニコ笑いながら、バトンを安井に渡し返した。

安井が、

「それでは大山局長のたっての希望なので、財投の話は後日ということで、また同じ日に高井教授には最近の中国のことも話してもらうことにして、ご要望の米国の事情についての小生の考えを聞いてもらうことにするか」

と、少しおどけていって、考えながら話し始めた。

「小沼さんがあれほどに、『構造改革』を打ち上げた『背景』は何であったのであろうか。いろいろ資料を読んでいて、これが小沼さんの本音のように思われるのだが、米国経済は日本でいわれていたことと異なり、次のような状況にあったと思う。

ブッシュ政権が打ち出している政策は、クリントン政権のものを一層推し進めたもので、米国の多国籍資本が要求している市場利益拡大戦略を支援するものだ。その戦略が推し進められている原因は、二段階に説明できる。

初めは、一九七〇年代以降、新世紀になっても続いている米国の『資本生産性の減退』への対応、あがきだ。日本では米国ネット社会礼賛論が流行っていたが、実際にはこの間、米国産業の資本係数（注42）は確実に下落し続けていた。米国企業の低収益性が構造化し始めていたのだ。そして、米国の誇ってきたフォード的な米国生産システムそのものが、限界に達したのではとの恐怖意識が強く持たれ始めてきた。

一時は、IT化がこの限界を打ち破るのではないかとの期待もあったが、そうはならず、収益性の低下は進行して行った。

この状況打開のために、米国資本は世界市場への進出という対策を強力に推し進めてきた。そして、ユートピアを目指しているかのような啓蒙主義的なもっともらしい理由で飾って、なり振り構わぬ各国への規制緩和、自由化、市場開放要求などを切り口とした、世界市場戦略の一層の強化に努めた。

しかし結果的には、このグローバリゼーションの目指したこととは逆の事態が、起こってしまったのだ。すなわち、市場が世界規模に拡大すればするほどに、逆に米国資本の生産性が低下することになったのだ。

この傾向は、米国の基幹ともいうべき自動車産業などの製造業、すなわちオールド・エコノミーにおいて顕著であった。

これが、クリントン政権を受け継いだブッシュ政権の政策選択に、直接的に大きな影響を与えた。この危機感から、大型減税の実施、京都議定書からの離脱など環境保護の後退、社会保険公約の破棄など、すなわち資本生産性の効率性追求にマイナスとなりそうな要因の全てを排除することが、全力を挙げて実行された」

安井の話し振りは、政治家らしく皆を引き込ませる迫力があった。

「そしてついに、この資本利益率低下対策として効果的な方策が考え出された。これが次の段階だ。それは、製造業での収益獲得をあきらめて、資金取引で収益を上げる方策への傾斜であった。

現在、この製造業に属する巨大企業の資本生産性の低下を補っているのが、本業をないがしろにした『マネー』取引である。製造での利益も、資金取引での利益も、利益に変わりはないというわけである。損益計算書で利益が計上できれば、その源泉は何でもよいのだ。評判になったGE（注43）の考え方だ。金融商品の会計基準（注44）が整備され、損益計算書の様式も包括主義（注45）に手直しされた。

　交換の手段、価値の基準であった『貨幣』は、『マネー』という名の利益を生む商品になり、ネットを介して激しく世界中を移動し、利益を獲得し続けるようになった。デリバティブなどの金融商品取引は、米国資本にとって金の卵を産む鶏になった。銀行、証券、保険、その他、マネー市場こそが、米国にとっての最大の戦略産業になった。製造は片手間か、脇へ押しやられた。

　この金融商品の状況は、日本のバブル期の『土地』の役割に酷似しているね。今日、経済全体に広がっているデリバティブは、経済をカジノの賭け事にしている。このデリバティブの市場はいまでは、通常の現物市場よりも五〇倍も大きな規模になっている。

　この新しい経済形態は、もはや投資するのではなく、ただ賭けるのだ。それは本物の賭け金を使わないギャンブルに似ている。そこで賭けの目的とされるのは、物質的価値でもなければ、現物に基づいた金融取引でもなく、それ自身のゲームを維持するためだけに作り出された株式、債券、利率そして為替レートに関する約束事だ。

　この新しい経済形態の本質は、まだ存在していないし、これからもおそらく存在することのない取引の変化に対する賭けである。それがいま世界中を動き回っているマネーの経済なのだ。

こんな経済に、米国の指導する国々は身を委ねてしまっている。心ならずも巻き込まれてしまった、といったほうが正確だ」

といいながら、安井は大きな溜息をついた。社会経済学者の高井が大きくうなずいていたのが印象的だった。安井は続けた。

「米国にとって、マネーが世界中を駆け巡る状況に、制約、懸念があってはならない。『利が利を生むマネー資本主義』が世界規模で〝健全〟でなければ、米国の追求するデリバティブ取引をベースとした『マネーとネットの融合戦略』が破綻する懸念が生じてしまうのだ。米国はその回避、制度の強化に懸命に邁進した。そして、日本へも諸要求が出された。小沼さんはこのために働いたのだ。

米国資本が望むように、日本国内で収益活動ができるような、民営化や会計、商法など諸規制の変更、緩和などの社会経済の構造改革を手始めに、米国資本が取引する金融機関の健全化のための不良債権処理が、政官財界を取り込み、手を替え品を替え、懸命な強力な圧力として押し付けられた。

不良債権処理は、米国のマネーに稼ぎ場をも提供する副次的効果もあった。魅力的な要素をたくさん残す日本の銀行、保険、証券会社をはじめとしたいろいろな企業が、公的資金としての税金投入後に、米国資本の傘下へ組み込まれて行った。

小沼政権はひたすらに、これに協力してきた。米国の必要とするマネー資本主義の優等生になり、米国の国際企業の利益を支えてきた。

その結果、米国ではすでにそうなっているが、日本でも、〝人〟なしに利益を上げられるマネー産業が隆盛になってきている。人の労働力は少なければ少ないほど、利益獲得には好都合になる。これは土地の値上がりが続いていたバブル期の日本と、同じ構造だ。人など要らないのだ。

この要因からも、わが国でもじりじりと正規雇用者が減少し、定職のない人も増加してきている。

こんなところが米国のごり押しの原因なんだと考えている」

皆は安井の熱弁に吸い込まれて、言葉を挟むこともできず、聞いていた。

ここで、大山がいった。

「とてもすっきりしている。こんな人に政治の中枢で舵取りをしてほしいものだ。きっとそのうちに、安井君に苦労してもらわなければならなくなるだろう。

安井君、ありがとう。さて、郵便公社の本題へ戻ろうか」

一休みして、
と安井が始めた。

「それでは」

「この郵便公社民営化の過程でとても不思議であったのは、『公社は効率が悪い』と繰り返しいわれてきたが、この『効率』が何の効率かが議論されなかったことだ。語られていることを聞いていると、郵便貯金や、郵便簡保で集めた資金を財投でムダ遣いしている、郵便集配送事業では職員が多すぎて費用がかかりすぎているとかをいっているので、その点の効率のようである。

しかし、効率とは、スペインの政治哲学者J・オルテガの有名な言葉『効率とはある道具がある目的を達するために持っている能力のこと』にあるように、目的実現との関係で評価されるべきなのに、郵便公社の目的が全く語られていない。郵便公社の事業目的は、全国限なく均一に、サービスを提供することだ。過疎地の山の中へも、離島の端へもということだ。郵便公社はそれを果たしてきている。

そのサービス提供の過程で、社会の変化につれて起こってきた、地方行政のサービスが対応できない町や村のひずみに対して、できる役立ちをも工夫して果たしてきている。

例えば、一人暮らしの高齢者へは、郵便物配送や集金の際に定期的に様子を見に寄り一声かけるとか、営業所を過疎地にも置き続けて、住民の安心感の元になったりしてきた。つまり、社会の『安全』『安心』の基地、いうなればセーフティー・ステーションとなる役割を果たすことも仕事の重要な一部としてきた。このような地方行政も見放してしまった仕事ではあるが、誰かがしなくては、国を保っていけない仕事を引き受けている。

そんなことは郵便公社がすることではないという考えもあるだろう。しかし、郵便公社が分担しなくては、いまの日本にこの役目をするところはない。これら役立ちをするには、人手も費用もかかる。郵便公社は国から補助金を一円も貰っていない。全額自己資金での運営だ。

国民の多くはこれまで、この郵便公社の役立ちを評価してきたのだ。

しかし、この人たちが選挙では郵便公社のこの役立ちを止める政策に賛成票を投じたのだから、選挙戦術は怖いよね。『改革』といわれたら、思わず投票してしまったのだ」

安井の話は熱を帯び続く。

「『民でもできる』と唱えて、クロイヌ配送などもいまは『やる』といっているが、ソロバンに合わないことをし続ける訳がない。

効率だけの考えになれば、山の中の一人暮らしの老人や離島の老いた漁師には、サービスが行かなくなるのは目に見えている。私が経営者ならそんな事業はやらないからね。

竹下元総理でさえ、『郵便集配送事業は、過疎地や離島の問題もあるので、国営でなければならない』といっていたが、そういう人々を切り捨てるのが小沼さんたちの目指していることだ。

郵便公社民営化は、『国の形』をどうするかの問題だ。損益面だけの効率よりも『安全』『安心』のほうが優先される分野があるのだ。効率を持ち込んでそれだけで事業の是非を判断してはいけない分野があるのだ。

国民は、郵便事業に対して、効率だけでなく『安心』『安全』という観点からも評価していたのだ。そして、この『安心』『安全』は、民営化によっては全く与えられることは無いと、私は考えているよ。

民営化論者には、一般国民の側からの、『国の形』はどうあるべきなのか、の考えが全く無いのだよ。『国の形』は、それぞれの国の人々が自分たちで選ぶものだ。『国の形』は、他国にとやかくいわれて判断することではないよね」

安井の話は一応これで終わった。

安井は大山が入れてくれたお茶を音を立てて飲み干した。皆は真剣な顔で安井のいうことにうなずいて、同意を示していた。

小沼人気

小休憩が終わり、皆の顔を見回して、安井がニヤッとして、

「それではここで、大学時代の小沼さんを知っているという勝君に、『小沼人気』の原因について考えを語ってもらおうか」

と勝にテーマを振った。

小沼総理は、勝の大学の学部での一年先輩である。勝は大学のキャンパスで、何度か学生服姿の小沼を見かけたのを覚えている。小沼は何か事情ができて、イギリスに留学し、卒業は勝より遅れた。

勝が苦笑いしながら、話し始めた。

「小沼フィーバーが日本全国を吹き荒れたよね。わが家の隣のいい歳をした奥さんが、『源ちゃん！』などと人前で呼ぶのだから、人気は大したものだ。

大学でのクラブ仲間の社会学者によると、このような現象を日本社会特有の『熱狂的均質

化現象』というのだそうだ。

つまり、いまだ日本人の多くは、個としての自立を十分に果たしているといえないので、何かが起こると、人びとは同じ方向を目指していっせいに走り出し、自分の信条や情感までも周りの人びとと均質化させることに懸命になる傾向があるのだそうだ。だから、小沼さんの『聖域なき構造改革』のキャッチフレーズに魅せられて、大挙して拍手を送る結果になる。

この均質化の中身を見ると、ほかの政治家にないクリーンなイメージ、官僚と官僚制度への鮮烈な攻撃性、時に見せる野党精神といった個人的資質への共感なのだろう。とりわけ日本政治に付きまとう密室談合、政官業の癒着、公共事業に群がる利権政治、官僚専制への『果敢な果たし状』の突きつけ方が拍手を集めているのだろう。

ところがそれが、口先だけでのことか否かを問わないでだがね。

小沼さんの人気については、こんな風に考えているよ」

と一応話を終えた。

そして、

「彼についてこんなことも最近感じているのだけど、ついでに聞いてもらおうか」

といって、また話し始めた。

「小沼さんは権力維持の感覚が鋭い、頭のとてもよい人だ。そして、権力維持の方策を実行する手練手管に長けている。米国の喜ぶことをしていれば、権力維持は可能と考えている節がある。それに徹している。

彼は過去の総理たちの行動を研究したようだ。米国の意に少しでも反したことをいったりしたりした総理は、すぐに何か事件などが起こり、退陣させられている。田中角栄さんにしろ、橋本龍太郎さんにしろ明らかだ。

そこへいくと、中曽根さんは立派なものだ。レーガンさんに媚びを売り続け、米国の望むことをやり続けて、生き残りを完結させている。わが国のためになることをしたかどうかは、歴史が判断するだろうがね。

小沼さんは中曽根さんに学んだようだ。日本の国益には関係なく、米国の望むこと、好むことのみをし続けてきた。『忠犬ポチ』と揶揄されているが、飼い主米国の顔色を見て、いうことを聞き、その心までも読もうと懸命だ。米国にとってはとてもかわいいだろう。

でも、尊敬されているかはどうかな。米国という国には、ポーツマス条約の際に、筋を通した、容貌も着るものも貧相な小村寿太郎さんが尊敬されるようなところがある。また同様に、昭和金融恐慌の時に軍事予算の膨張に抵抗して、緊縮型の不況政策をやれば必ず殺されることを承知しながらそれを実行した浜口雄幸さんや井上準之助さんなんかが好かれる風潮がある。あの人たちは、国のためには命懸けだった。

小沼さんなどには、そんな覚悟は無いのではないかな。プレスリーを歌って媚びている。

この観点から小沼さんの言行、行動を見ると、その真意がよく理解できる気がする。構造改革、金融改革、郵便公社民営化など、皆、米国の望んでいることだ。多分、日本の国益には関心がないんだろうね。米国産牛肉輸入問題しかりだ。

この考えで、靖国問題を考えると、小沼さんの靖国参拝は米国が望んでいたことなのだろう。だから八月一五日に大騒ぎを起こしてまで参拝したがっている。

小沼総理が参拝すれば、中国や韓国が反発する。日本とは友好関係が損なわれる。米国にとって、日、中、韓が強い絆で結ばれることは望ましくない。関係を分断して、不安定にし、わが国を米国の下僕《しもべ》に留めておきたいのだろう」

気になる三冊の本

ここまで聞き役に回っていたオーカワ・ホールディングス会長大川が、ここでおもむろに話し始めた。

「私はね、最近は会社の部屋に商売関係でない本を集めて読んでいるんだよ。商売は鈴川社長に任せて、邪魔にならないようにしているのだ。時間があるからたくさん読むのだが、読み終わると部屋に来た若い人にあげてしまう。

でもその中に、残しておいて時たま再読する本が三冊ある。ヴィヴィアンヌ・フォレステルの『経済の恐怖』（注46）と、ミヒャエル・エンデの『エンデの遺言』（注47）と、エドワード・ルトワクの『ターボ資本主義』（注48）の三冊だ。

内容が気になって仕方ないから手元に残しているのだが、どうも今回の小沼さんのいっている改革が始まってから日本は、フォレステルが『経済の恐怖』で書いているように、『人間はもはや搾取の対象でさえなくなったようだ。いまや人間は排除の対象になってしまった』ような『ワイルドな資本主義』の渦中の真っただ中にあるようだ。

また、ルトワクが『ターボ資本主義』の中で嘆いているような、『経済は栄え、社会は衰退する』社会になってきたようだ。

経済・企業が繁栄すれば社会も豊かになる、景気がよくなれば人間も幸せになれると、われわれがそう信じてきたハッピーな時代は、とっくに過去のものになってしまったようだ。『マネー資本主義』が世界を席巻している。グローバルスタンダードが正義となり、グロバライゼーションが進む中で、『あなたはもう不要ですよ』という『人間排除の経済』が世界を覆っている。マネーこそが『利を生む最高の商品』と考えられるようになった。

エンデが『エンデの遺言』で書いているように、『パン屋でパンを買う購入代金としてのお金と、証券取引所で株式を買うお金は、異なる種類のお金であるという認識』が重要なのだ。

このことを手遅れになりすぎないうちに、立ち止まってよく考えなくてはならないのではないかな」

ここで大川は話を止めて、うつむき、目を瞑った。皆が注目する。

そして、眼を開けて、「私は」と続きを始めた。

「これまで『カネ、カネ』で生きてきたが、お金が全てという社会はよろしくないと思っている。

かつて、人間は投機的なことをすべきでないと教えたが、いまでは、国家が投機心を煽《あお》っている。小学生にまで、学校で株の買い方を教えている。間違ってないかね。うちにも、『ヘッジファンドに入れ。入れ』と、うるさく誘いが来ているよ。でも私は、電話一本で汗も流さずに稼ぐようなことをしては、売り場で夜遅くまで、お客様が何を望んでいるかを、その表情を一生懸命に読んで見極めようとし続けている若い者にすまないと思う。だから一切やらない。やれば一生懸命に作り上げてきたオーカワの社風が崩れてしまうと考えている」

語るうちに大川の表情は毅然としたものになって行った。

「会社が大きくなり、その発展について来られない昔からの従業員にも、働く場所を工夫して、元気を出すように鼓舞して、できる限り処遇してきた。

こんな方針を米国の格付会社に語った時、『そんな考えならオーカワを格下げするぞ』といわれた。

私は、『格下げするならどうぞ』といって、『従業員は会社の宝だ、その生活を守るのは経営者である私の務めだと考えている』と話してやった。結局は格下げなどなかったが、米国流では格下げになるのだろう。

私は、日本をそんな社会にするためにいままで働いてきたのではない。うちのグループではいま、二〇万人に近い人が働いてくれている。その人たちの働く場を守るのが、経営者である私の務めだ。

大好きだったかつての経済同友会の理念は、修正資本主義（注49）の系譜だったよね。でもいまも、その流れに立っているか疑問だね。もはや修正資本主義の流れをどう見ているかをうかがわせる議論は、全く無くなっている。思い出したように、CSR（注50）などを議論するが、多くは景気を如何によくするかということばかりだ。

昔、真剣にされていた、如何にして資本主義そのものを健全なものにするか、人間にとって幸福なものにするかという問いがされなくなって久しい。目先の状況だけを見ている。もう役割は終わったのかもしれないね」

日ごろ、会社でも話しているテーマなのだろう、大川の口は滑らかである。

「この経済同友会のことだけど、実は先週、経済同友会の郵便公社民営化支援シンポジウムに潜って来たんだよ。カジュアルで、メガネを替えて行ったら誰も私に気付かなかったね。知ってる人がたくさんいて面白かったよ。すぐ側にいる私に誰も気付かないのだよ。本当に面白かったね。

このシンポジウムではとても驚いたことがあった。パネラーの米国人エコノミストが、『郵便公社は効率が悪い、ビジネスモデルがなってない、だから米国のファンドを入れて改革しろ』と流暢《りゅうちょう》な日本語で発言したのに、わが国の著名な経営者であるパネラーたちは誰一人反対をいわなかったんだよ。郵便公社を米国に売れといっているのに反対しないのだよ。これには驚いた。

郵便公社が民営化されて巨大な郵便貯金銀行ができると、また一つメガバンクが過剰になると、あの人たちは話しているのだろうね。きっと米国へ売る対象ができると考えているんだよ。

これがいまの経済同友会なのかと思ってしまったね」

大川は心底悔しそうな表情になった。

「ここ数年の改革で日本社会は、市場競争原理至上主義へ向かってひたすらに走っている。『格差を拡大することが、社会を活性化する道だ。日本再生の切り札だ』という。この政策、思想は正常なものだろうか。

先の不況の中で、『モノとカネの無駄を最小化』するためには、『ヒトは無駄にしてもよい』というような恐ろしい、全く倒錯した価値観がアッという間に蔓延してしまった。

健全な社会には、福祉や年金制度、健康保険などといったインフラが重要なのだ。これが修正資本主義に見る『安定化装置』だ。資本主義がしぶしぶ譲歩してきたもの、自由に放っておくと生まれなかった制度だよ。

この長い歴史的意味を理解できず、いま効率礼賛一辺倒の経営者たちが世にあふれるようになった。若い人ばかりでなく、私たちと同年輩の年寄りまでもだよ。公社民営化もこんな流れの中で起こったのだね。

うちの会社なんか世界的に見たら本当に小さい。がんばっても知れているね。『でもね』と、考えながら経営をしているよ。こんな時代だから、勝君のいう孟子の『為さざる在るなり』(注51)で、『一隅を照らす者は国の宝』(注52)と考えて、われわれは一生懸命にやっているんだよね。『死して後已《や》む』(注53)といったところさ」

大川は日ごろの思いをいい尽くしたようであった。ハンカチを出して口を拭い、静かに茶碗に手を伸ばした。

四社はどうなる

「こんな環境下で、郵便公社民営化がどうして起こったのかが理解できたよ。ところで、安井君は民営化される四つの会社の今後をどう考えているの。巨大同業が誕生するので気にもなるしさ」

金融グループ、やまと・ホールディングス会長の石黒太平が尋ねた。

安井が言葉を選びながら話し始めた。

「やっと将来の経営者が決まったが、それぞれの会社は業務範囲に未確定な部分が多く、閣議決定した『基本方針』の実現化に際して、いろんな制約が提案されるなどして、ビジネスモデルがまだ定まっていない。ゆすっているうちに明らかになってくるだろうが、いまいわれている内容には希望的な思惑がとても多いようだ。

市場原理で運営しろと求められているので、郵便貯金銀行と郵便保険会社はその資金量にものをいわせて、民営化議論の初めのころにいわれていたように〝トラを野に放した〟ようになる可能性はあるね。

超ビッグの銀行と保険会社になり、少しの損などお構いなしに、各分野に進出して、同業の状況を気にせずに、華々しく営業を展開する可能性が大きくなってきている。様々な分野に手を出しながら学習して、銀行業、保険業のノウハウを蓄積していくことは可能だ。

しかし、ＩＰＯ（株式公開）した後、長くもたもたしていると外資の支配下になってしまう可能性もある。現状でも、郵便保険には米国資本が大変な関心を持っている。何しろ口座数が、七〇〇〇万件にも及ぶのだから、垂涎《すいぜん》の的《まと》だ。郵便銀行もどう化けるかわかったものではない。減ってきたとはいえ、資金量がただの額ではないのだから。何しろ二〇〇兆円もあるのだ。

民営化すると巨大銀行が誕生することになり、オーバーバンキングの論理で銀行の数減らしに躍起になってきた金融行政とは、根本的に矛盾することにもなる。国は数合わせのために、また強権を発動するかもしれないね。どの金融グループが狙われるかね。石黒君には関心がある点だろうね。

それとは別に、借り手からすればこの一〇年、民間銀行は貸し渋りの権化であったわけで、郵便貯金までその仲間入りするのには割り切れない思いがあるね。それに郵便保険は、全ての人のまさかの時の少額な保険だった。それが、審査で入れない人が出るようになり変わってしまうのも嫌だね。

いままでの経済不振がバブル破綻によるものだとすると、それは民間金融機関の暴走によるものであった。郵便貯金までがバブルに加担していたら、もっと悲惨な結果となっていただろう。社会としては、そのリスクもあるね。

また政府が溜め込んだ莫大な累積赤字は、国債として多くが郵便公社資金で買い支えられている。郵便公社資金で国債を持つこと自体けしからんという議論もあるが、それは国債発行を続ける財政の問題、財政改革の問題だね。

この非難とは別に、市場原理に従うと、ポートフォリオ対策で、手持ちの国債のある分量を売らざるをえなくなるだろうね。

現在の状況のようには郵便公社資金が買い支えなくなるわけだから、国債価格は暴落し、金利は上昇するだろう。下手をすると、経済全体が破綻すらしかねないよ。売らせないために、勝君の専門の会計面では、原価法の評価を考えなくてはならないかもしれないね。

それでも金融二社は何とか絵も描けるだろうが、郵便集配送会社と窓口会社は、やっていけるかどうかの懸念が大きいね。

窓口会社は、金融会社からもらう窓口業務の業務委託手数料の決め方次第で、当面は凌《しの》いでいけるかもしれないが、引き受ける人員も多く、いろいろな新事業に進出しても、それこそ武家の商法で簡単には収益獲得とは行かないだろう。長い目では、疑問符を付けざるをえないと感じている。

郵便集配送会社は、事業が赤字基調だ。民営化されて分離されると、金融部門からの支援が無くなり、この部門は五〇〇〇億円を超える債務超過でもあるので、政府が持たせてくれるらしい三兆円の持参金ファンドを使い尽くして、国営への逆戻りの可能性が大きいと思う。

もともと、民間ではやれない事業を国営でやってきた分野だ。この郵便の民営化は、官が供給する財とは何かの、根本的な理解が間違っているのだよ。国営に戻る前に、料金値上げをしたり、サービス地域を削減したり、すったもんだをして税金で損失補塡《ほてん》されるだろう。

郵便公社の主たる事業は、郵便物を全国津々浦々の国民へ公平に配送することであった。それが民営化により結局は、日本の大切なこのシステム、財産をだめにして、国民に大損をかけることになってしまうのではと危惧をしている。

そのころには、小沼さんはもう死んでいて、この結果を見ることはないだろう。提灯をつけた松下さんたちは、再国営化を伝える新聞記事を、多分米国で悠々自適で笑って見ることだろうね」

即座に皆は声を立てて笑ったが、すぐに真顔になって複雑な顔でうなずいた。

老子のユートピア

「安井大臣と高井教授は、簡単に話してくれているらしいが、なかなかついて行くのが大変だ。それにしても勝君は、こんな〝巨象〟の会計監査をしているわけだ。ご苦労なことだね。ところで、そろそろビールが恋しくなった。

でもその前に、少しはしゃべらないと僕の専門の脳によくないので、一言いわせてもらってよいかな」

脳外科医の西本純が、やっと出番が来たといった雰囲気で話し始めた。

「安井君の話の中に、『ユートピア』という懐かしい言葉が出てきた時、僕の脳は別の『ユートピア』へ飛んだのだよ。皆も疲れたことだろうから、ビールへの導入としてそのことを聞いてもらいたい。

いま、僕は『老子』をせっせと読んでいるのだが、この内容はわれわれの脳にはとてもよいようだ。老子の気分でいられたら、脳に障害が起こり僕のところへやってくることはまずないと思うよ。

最近読んだ、加島祥造さんの『伊那谷の老子』（注54）というタイトルの本で見つけたのだが、老子の『ユートピア』のことが書かれていた。以下は、『老子』八〇章の加島さんの訳だ」
西本は手帳を開いて朗読した。

「私の大切にしたいのは
その国の大きさでも繁栄でもない。
その国はごく小さくていいいし
人口も少なくていい。
そこに住む人はみんな
生きることと死ぬことを大切にするから
船や車で遠くとびだしたりしない。
すこしは武器らしいものを持つが
誰も使おうとしない。
売り買いの取引は簡単で
縄に結び目をつけて数える程度だ。
そして食事はゆっくりと味わい

着るものは清潔で上等な布だ。
落着いて暮していて
毎日の習慣を楽しんでいる。
隣りの国は近くて
犬の遠吠えや鶏の声が聞こえるほどだが、
そんな隣国と往き来をしないまま
年をとって、静かに死んでゆく。」（注55）

西本は手帳を閉じて、話を続けた。

「どう、とてもいいでしょう。これが老子の『ユートピア』なのだそうだ。さっき聞いた、米国人の市場原理の経済社会を『ユートピア』と呼ぶ表現と、何と違うことだろう。何と平凡、素朴なのだろう。

著者によるとこれが、老子の文明観、幸せ観なのだそうだ。こんな簡素な生き方で、暮らしても人は十分に幸せだと老子は考えていたとのことだ。

私たちは、小沼改革でカネまみれになって生活している。でもこんな社会にしてしまってよかったのかな。われわれに責任無しとはどうしても思えない。不作為の罪の責任を感じなくてよいのかな。こんな雑感を今日の名講義の番外編で紹介させてもらった。さあ、勝君、ビールにしよう」

それを受けて勝は、

「お加世さん、始めるよ！」

と、襖を開けていった。

神楽坂監査法人

郵便省郵便政策局から第四期大日本郵便公社会計監査応札の招待が、神楽坂監査法人公共セクター部へ来た。部長は田山啓吉である。

田山はファックスで送られてきた資料に慎重に目を通してから、その資料を持って副理事長の大隈茂の部屋へ行くためにエレベーターに乗った。

大隈は窓から、梅雨前の日差しにまぶしく輝く西方の屋根並みを眺めていた。太陽はまだ高く窓から日差しは入らない。高台にある建物の最上階一二階からは、九段の森がよく見える。その森に遮られてここからは望めないが、その先に霞が関がある。

大隈は勝のことを思い出していた。勝のセントラル監査法人は霞が関にある。大隈と勝は、会計士二次試験の同期で、実務補修所で知り合った。あれから四〇年になる。会計士補会で一緒に幹事をやり、公認会計士になってからは、日本公認会計士協会の幾つかの委員会で共に働いてきた。最後に一緒になったのは、税効果会計の委員会であった。

大隈は勝の思考様式、行動の仕方をそれなりに理解していた。勝は、収益の実現概念とキャッシュフローの存在を基本枠とする厳格なフレームワークで会計事象を考え、決してその枠を崩さなかった。何事にも関連事項に目配りをして、慎重に結論を出した。その一方、本質とは関連の薄いことについては、

「そうですね」

といって、ニコニコしているだけで、めったに発言をしなかった。どうとでもどうぞということなのだろう。

こんな思考からか勘が鋭く、将来の可能性について、ほかの委員が思いもしないことを発言した。それを聞いて大隈などはハッとすることがしばしばあった。議論は穏やかで、人をやり込めて打ち負かすことなどはしなかった。よく人のいうことを聞いていてくれて、賛同すると多くの場合、無言のままうなずいてくれた。

会計士としてやってはいけないこと、会計士としてやるべきことに関する基準を、もしかしたら人としてかもしれない基準を、しっかり持っているようであった。

そんな勝を見ていて、大隈は時々、こんな会計士が社内にいてくれたらよいのにと考えたものである。

その勝がセントラルの郵便公社監査チームを率いている。第一期目では、勝のセントラルを破って、大隈の神楽坂は郵便公社会計監査人に指名され、第一期としては自信ある仕事を成し遂げた。しかし、二期目の応札では、セントラルが指名されるという思いもよらぬ敗北を喫してしまった。

一度契約が取れると契約は継続するものと安易に考えて、応札金額を大幅に増額したことが敗因と大隈は分析している。役所では契約金額を低く抑えると、担当者の勲章になることを、つい忘れてしまったのである。

この煮え湯に懲りて、心して三期目の応募に対応したが、この期から公表されるようになった評価点数によると僅差で、雪辱は果たせなかった。

郵便公社内だけでなく、外部でも、二期目、三期目のセントラルの評判はすこぶるよいものであった。郵便公社へコンサルティング業務を提供していた部門から、早い時期に郵便公社内部でのセントラルへの好意的な評判についての報告を受けていた大隈は、「勝さんならやるだろう」と思った。

でもそのたびに大隈は、神楽坂が、公会計の分野では業界第一の実績を誇る名門であることを思い出した。勝にであろうと誰にであろうと、神楽坂は後れを取る訳には行かないのである。

大隈は窓の遠くを見ながら、そんなことを考えていた。

秘書が、

「公共セクター部の田山さんがお見えになりました」

と告げた。

コンペティション

「郵便省から第四期のプレゼンの案内が来ました」

そういって田山は、届いたファックス資料のコピーを大隈の前に置いた。

「いつやるの」

と、大隈は資料をめくりながら聞いた。

「六月一九日です。去年より一カ月早くなっています」

「それで、うちは当然に行くんだよね」

「当然です」

田山は、秘書の出したコーヒーカップを口に運んだ。

「セントラルは郵便公社の件ではとても評判がいいよ。出て行って無駄にならないの」

「今回は、郵便公社内部のよい評価も、郵便省の好意も役に立たないと思います。ありがたいことにセントラルは、ムトーボウ事件をしでかしてくれたのです。新聞も書いてくれているように、役人がセントラルを選ぶ訳がありません。そんなことは、郵便省の役人にできっこありません。

郵便公社の会計監査は民営化前の公社最後の期なので、私でもセントラルがやったら一番役立てるだろうと思います。

でも、監査人を選ぶのは郵便公社ではなく、郵便省の役人です。この人たちにとっては、監査人の『役立ち』などどうでもよいのです。選んで世間からとやかくいわれなければよいのです。今回は私たち神楽坂の楽勝です」

「うちとセントラルでは、セントラルのほうが役立つと田山君は考えているんだね。うちはどの程度役立てるの」

「郵便公社のこの二年間の改善状況、変化をうちはほとんど知りません。それを理解するだけでも半年以上かかるでしょう。もしかしたら、一年かかってしまうかもしれませんね。総力で、一生懸命やりますが、そんなとこでしょう。

最後の期の改革には役立てなくても仕方無いのでしょう。役所は役立ってくれないかもと心配しながら、それを覚悟でうちを選ぶのでしょうから、それでよいのでしょう。うちの監査報告書があればよいのです。われわれにとって、おいしい大きな商売になります。うれしいことです」

「田山君はそんな状況でもやる気が起こるの」

「たまにはいいのではありませんか。のんびりやりますよ」

田山はあっけらかんとそういって、コーヒーを啜った。

大隈は「そうなの」と田山の顔を見詰めていた。

そして、

「ところで、うちが出なかったらどうなるの」

と訊いた。

「田村町と八重洲は来ないでしょうし、セントラル一社になりますから、セントラルになるでしょう。

……大隈さんはまさか、そんなことをお考えになっているのではないでしょうね。そんなことをしたら、公会計で名門のうちは消滅してしまうでしょう。そんなことはなさいませんよね」

田山が目の色を変えて、早口にいった。

大隈がその田山の気勢を削ぐように、ガラッと話題を変えて話し始めた。

「ちょっと話を変えるのだけど、いま歴史の話を思い出したんだよ。

それは昭和金融恐慌の時のことなんだけど、田山君は城山三郎さんの小説『鼠』（注56）を読んだことがあったよね。あの鈴木商店のことなんだ。あの時、最後の段階で三井銀行が台湾銀行からカネを引き上げなければ、鈴木商店は倒れずにすんだかもしれないよね。ところが、三井は、三井物産のことがあるから、競争相手の鈴木商店を倒すというチャンスを虎《こ》視《し》眈々《たんたん》と狙っていて、鈴木が困っている時に、ぱっと台湾銀行を倒してしまった。

国全体から考えて大変な損失であったよ。そういう企業の論理、ミクロの世界の論理で、国をおかしくすることをやってしまったわけだ。

いまうちや業界が、ムトーボウ事件に乗じてセントラルを叩きまくると、セントラルが外資に乗っ取られて、日本の国益は損なわれることになってしまうだろうと感じたんだよ」

田山が少し困ったような表情を浮かべてから、反論した。

「会計士業界は大競争をやってきています。前にうちがアンデルセン会計法人崩壊に巻き込まれて苦労した時、セントラルはじめほかの監査法人は散々にうちを叩きました。大隈さんは、対策の委員長だったのでよく覚えておいででしょう。

うちは米国のPPNC会計法人が踏ん張って支援してくれることになったから生き残りましたが、私はあの時のほかの監査法人のやり口を忘れることができません。絶対許しませんよ。

今回のムトーボウではほかの法人もセントラルを草刈場にしています。うちだけがおとなしくすると、八重洲と田村町を利するだけでしょう。

アンデルセンの時、セントラルの勝さんがうちをカバーする発言をたくさんしてくれたことは聞いていますよ。とてもありがたかったですよ。でも、それはそれです」

田山の口調は断固たるものであった。眼は大隈を見詰めていた。

ドッグ株式会社事件

大隈が静かに続けた。

「田山君は、ムトーボウで本当は何が起こったかを想像できるよね。カネのためでなかったことは知ってるよね。

まだ判決が出ないから助かっているけれど、うちのドッグ事件の場合、大金をもらって虚偽に加担したんだよ。まさに米国的だよ。恥ずかしい限りだ。判決が確定したらどうなると思う。金融庁はどうすると思う」

　田山が当惑した表情で少し間を置いてから、強い口調でいった。

「本当にあの馬鹿めと、腹が煮えくり返りますよ。あんなに威張り腐って社内を歩き回っていて、本当に。判決が確定すると、金融庁はうちのことを処分したがるでしょう。

　でもうちの場合、米国のＰＰＮＣ会計法人が政治力を発揮して守ってくれますよ。金融庁は米国に逆らいっこありません。絶対です。ＰＰＮＣは、セントラルの場合のＫｋＬのように、金融庁に乗り込んでセントラルを支配する施策を認めさせたようなことはしません。うちを支配したいなどと考えていませんもの。ＰＰＮＣとＫｋＬとでは、メンバーシップの性格もビジネスモデルも違います。

　いまはセントラルを再起できないように叩く時だと、私は考えています。セントラルが無くなると、監査の独立性問題で仕事がしにくくなるなどといいますが、そんなことに気を使うのはうちの仕事ではありません。金融庁が心配すればいいことです」

　ドッグ株式会社事件とは、神楽坂の会計士が金銭を貰って粉飾に加担したとされる事件である。

　内容は、社長が株価操作に必要な資金を銀行を騙して調達し、個人的に流用したうえ、それを隠すために決算を粉飾したとされている。

この偽装方法を発案したのが神楽坂のドッグ担当の会計士だとのことである。神楽坂が地検の強制捜査を受けた際に、この会計士のロッカーから隠されていた大量の札束が発見されている。この会計士は、社長から預かっただけだと供述しているとのことである。

大隈は田山の話を聞きながら、一〇年ほど前に勝からいわれたことを思い出していた。

それは、セントラルが、結局は廃業してしまった大証券会社の粉飾に関係してしまい、大蔵省の調査を受け、監査上の責任無しと判定された時のことである。勝が、その事件でセントラル内の内部調査を担当し、大変に苦労した後でのことであった。

この証券会社が含み損のある株式を社外に隠す、いわゆる飛ばすために利用した五社のペーパーカンパニーの設立を、事件を起こしてしまった神楽坂の会計士のグループが企画し、関与していたのである。

勝たちの調査の過程で、中東のバーレーンに派遣した調査チームが、一枚のレターを見付けてきた。

それは、バーレーンの会計士が、ペーパーカンパニーの取引内容に疑念を持ち、会社の事業内容を尋ねてきたことへの回答書であった。勝も名前を知っている、神楽坂のドッグ担当の会計士の上司に当たる者のサインのあるそのレターには、「この会社は正当に設立されたもので、適法な証券取引をしている」といった内容が記されていた。

勝は、大蔵省の検査決着後、大隈に
「あなたのところのこのグループはやりすぎではないか」

と、出すぎているけどといいながら注意したのである。

結局大隈は、目覚ましい業績を上げているこのグループのやり方に懸念を持ったが、口出しなどできなかった。あの時対処していれば、こんな恥ずかしい思いをし、心配をしなくてもよかったものをと、昔のことを思い出したのである。

そして、われに返り、

「そうだね。わかった。郵便公社を全力で、取りに行こう。やろう。リスクのない、おいしい仕事を」

と、表情を引き締め、自分に納得させるようにいった。

「田山君、郵便公社の現状に関するデータを総力で集めよう。うちの弱みは郵便公社のいまの情報が不足していることだけだ。セントラルがたくさん意見書を提出しているはずだ。手に入らないかね。

郵便公社に聞くわけにはいかないが、役所にはあるかもしれないよ。役所から来た顧問、誰だったっけ、……そう内田さんだ、彼にそれとなく頼んでみてはどうだろう。郵便公社の現在の内部統制の状況を提案書にしっかり書き込めば、報酬はかなりの額で出しても、うちに来るね。きっと。セントラルの勝さんは、強敵だ。甘く考えずに、油断なく準備してね」

大隈は勝の顔を思い浮かべながら、闘志が湧いてくるのを感じていた。

こうして公社の最終年度のコンペティションがスタートした。

選考委員

大日本郵便公社の会計監査人選考に応募したのは、大手監査法人四社のうちの二社、セントラルと神楽坂だけで、大手のもう二社、八重洲と田村町は、勝ち目が全く無いと考えてかコンペに参加しなかった。

応募説明会で配付された資料の中に、選考委員として小倉企画課長、大島預金課長など五名を指名したことを示すペーパーがあった。

今年度、小倉企画課長が、選考委員の中の最先任の課長であった。このため、大日本郵便公社会計監査人選考の取りまとめ責任者を務めることになっている。

郵便公社のセントラル支持は明快である。いままでも役立ってくれたし、重要な最後の一年もぜひ、セントラルに担当してほしいと熱望している。そもそもムトーボウ事件などは、郵便公社担当の監査チームがしでかしたことではない。郵便公社内には、郵便公社がその事件の煽りで不便することなどないようにすべきだといった、過激な議論もある。

　小倉は郵便公社内の希望も理解していたし、個人としてはセントラルの貢献を十分に評価している。金融庁や世間が一緒になって、「セントラルは不適格な監査法人である」とのレッテルを貼ってしまっているが、長く役人をしてきた小倉には、ムトーボウ事件の本質は明らかなように思われる。

　役所、銀行も含め関係者間で、法的処理への体制が整うまでの大局観に齟齬《そご》が発生してしまった結果と理解している。メーン銀行にとっては、法的処理の準備をする時間が欲しかった。その準備に時間がかかりすぎてしまったのである。

　いまとなっては、そんな説明を公にいうわけにはいかなくなってしまった。表面的なもっともらしい理由に関係者皆が合意して、形をつけなくてはならない。そして、手っ取り早く、監査法人が生贄《いけにえ》に選ばれた。

　ワルというレッテルのレッドカードが、セントラル監査法人に貼られてしまったのだ。このレッテルの意味は深く、重い。

　商売気が先になり、信念など無いマスコミは、セントラルを叩いて義務を果たしていると考えている。己が記事に酔いしれて、満足しきっている。

こんな時に郵便省が、郵便公社の会計監査人にセントラルを選任したら大騒ぎになる。郵便省は事の重大さを考えずに、いや理解できずに、軽々にセントラルを選んだと、非難するであろう。

役所としては、風評に逆らわず、世間の流れに従うのが義務なのかもしれない。でも、それでは郵便公社の民営化直前の最後の大切な一年は無駄な一年になってしまうかもしれない。たとえ、セントラルを選んで非難されても、説明は十分にできるだろう。郵便公社第一に考えて決定したら、ほかの監査人はありえなかったと、説明することになるのだろう。でも、そんなことをすると、自分の役人としてのキャリアはこれで終わるかも……。

小倉の心はあちこちと巡りまわり、重い。

大島貯金課長も会計監査人選考委員の一人である。監査法人から提出された選考資料を丁寧に読んでいた。

資料だけで見ると、セントラルの郵便公社の理解の程度、問題への対応方針は明確で、郵便公社最後の事業年度の監査人は決まりに思われる。報酬額でもかなり配慮がなされている。文面が、最後の事業年度に役立とうとの決意のほどを、たくさんの箇所で示している。

しかし、口に出してはいわないが、そもそも大島は、公的機関に対する民間による監査など要らないと思っている。

郵便公社の場合、郵便省が所轄官庁として検査し、金融庁も検査に入り、当然に会計検査院の検査もある。このうえ何で、民間の会計士の監査がいるのだと考えている。

企業会計の専門家の眼が必要とのことだが、なぜ公共事業の状況を企業会計で表現しなくてはならないかが、わからない、そんな考えは世間におもねる間違いだと考えている。公共事業は、民間では運営できない。やってくれない社会に必要な事業を執行しているのである。もともと儲かる事業をしているのではない。企業会計のルールではその実態を表現し、把握することはできないと考えている。

だからそのために長年をかけて『公会計の基準』を整備してきたのだ。『企業会計の基準』に従って把握した公的機関の姿は、公的目的を果たす機関の姿を正しく表してはいない。

それなのに、社会の風潮に染まり、『企業会計の基準』で把握した姿こそが正しい姿だという法律を作り、強制してきた。民間の公認会計士による監査も同時に導入された。入ってきた公認会計士は、内部統制の確立が必要と、あれもできていない、これも駄目とわめき続けている。

公務員は、公的事業を実施して、国民のためになるのだという使命感で仕事をしているのだ。わざわざ隣の係のした仕事のチェックなどする必要はない。

それなのに、チェックしているか否かを会計士はテストし、できていないという。それが駄目なのだという。たまに事故を起こす輩も出るが、大部分は自己でチェックをし、しっかりと業務をしているのにである。

公認会計士のいうような組織になっては手数ばかり掛かり、コスト削減になどならない。彼らの提案など、公益の役立ちにならないのだ。

昔、大蔵省にいた従兄弟が、住専問題の時に、再建計画が杜撰《ずさん》で実現可能性が低いから銀行に貸倒引当金を取らせたいと許可を求めてきた会計士に、

「国が大丈夫といっている再建事業計画に対して何事か。会計士風情が」

と怒鳴り、認めなかったことがあった。あのころはいい時代だったと懐かしく思い出される。当時、銀行の貸倒引当金の計上には大蔵省の承認が必要だったのである。

今回の場合、ムトーボウ事件をしでかしたセントラルなど、もってのほかだ。役に立つからといって、セントラルを選ぼうものなら、世間から後で何をいわれて非難されるかわかったものでない。

郵便公社には、金目当ての民間の押し売り役立ちなど無いほうがいいのだ。報酬は吹っ掛けてきたが、神楽坂には、四の五のいう材料の手持ちがセントラルより少なく、うるさくないであろう。

息巻いてそんなことを考えながら、大島は読んでいたセントラルの応募資料を机の脇へ押

しゃった。時計は一〇時を回っている。今日もまた、何時に帰れるのやらと大島は思った。

プレゼンテーション

平成一八年六月、プレゼンは郵便省二階の郵便政策局長室に、臨時に設けられた会場で行われた。

正面の壁に、局長・細川哲弘の描いた、五〇号のドイツの古城の油絵が掛けてある。質が高いと評判の『火陽会』の展覧会で入賞したという大作だ。自宅に掛ける場所がないので役所に持ってきたが、誰も褒めてくれないと、細川は笑っていた。

細川にはベルリンの大使館勤務の時代があり、ドイツの城の絵が多くある。

「忙しいのによく時間がありますね」

との勝の問いに、

「精神の安定のために必要なのですよ。それに私は早描きだから」

といっていた。

その細川は、いま国際会議で海外とのことである。

窓越しに、梅雨の合間の強い日差しの中で枝をゆったりと揺すって葉を光らせているケヤキが見える。

勝は机に腕時計を置き、お辞儀をして、五人の選考委員へ順番に顔を向け軽く会釈した。皆顔も名前も知っている。役所は環境対策で冷房温度規制を実施している。室温設定は多分二八度、かなり暑い。

勝は話し始めた。

「セントラル監査法人の勝舜一です」

少しポーズを置き、

「本年度の、大日本郵便公社の会計監査人選考ヒアリングに参加の機会を与えていただき、ありがとうございます。心からお礼申し上げます」

と、続けていった。

「さて、ムトーボウ事件では、私ども監査法人の改革が時代の変化の速さに間に合わず、大不祥事を起こしてしまい、郵便省の皆様に大変なご心配をお掛けしてしまい、お恥ずかしく、申し訳なく、お詫び申し上げます」

ここまで厳粛な語調で話して、少し長く頭を下げた。

選考委員たちは勝の顔を無表情に見詰め、聞いていた。

勝はテンポを少し上げて次を話し始めた。

「私どもはこの二年間、大日本郵便公社の会計監査人を務めさせていただいて参りました。

　この間、『会計の基本の徹底』を監査の基本テーマに掲げて、会計監査目的を達成しながら、これから世の荒波の中に出て行く郵便公社の内部統制組織の整備・確立とその運用状況の向上のお役にも十分に立てるように心掛けて、業務を実施して参りました。

　この二年間で、郵便公社の組織および会計制度への理解が深まるにつれて益々、郵便公社の業務の奥の深さを実感しております。

　常勤職員三〇万人、非常勤を含めると六〇万人にもなんなんとする組織、三万カ所に及ぶ出張所・事業所、その全てが現金預金を扱っていて、その保有残額が二〇兆円にも及び、その中に現金が四兆円ほどもあり、日々三〇〇〇億円を超える現金がトラックに積まれて日本中を積送中である組織の会計管理上での困難さ、それこそこの組織運営の奥の深さを、日々見せて頂いて参りました。

　郵便公社の組織への理解が進むにつれて、この組織は十分に内部統制組織が整備・運用されているから業務が進行しているのではなく、大日本郵便公社の掲げる
『全国津々浦々に限なく公平なサービスを提供する』

　という創業の理念を守り続けようという職員の人たちの熱い使命感が、業務を確実に進行させているのだということがわかって参りました。

いうなれば、通常の事業会社での内部統制とは異なる原理が働いている、郵便公社の内部統制を見せていただいてきました。

郵便公社事業の奥が深いのは、この事業が『国の形』の基本に関わる事業であるからだとの思いに至りました。そしてこの事業に関わる昨今の制度変更の動きは、職員の人たちのこの使命感に大きな影響を与えていると、思われるようになっています」

選考委員たちは、メモ用紙への書き込みに励む者、目を瞑って聞いている者、勝の顔を見続ける者、パラパラと提出資料をめくる者、天井を睨んでいる者と様々である。

勝の話が続いていく。

「…………もう、民営化までには短い時間しか残っていません。であるのに、郵便公社にとっては、成し遂げなくてはならない事項が山積されています。

…………この成就のためには、会計監査人の多大な支援が必須です。多分、それが頼みの綱になるでしょう。

…………このような状況の下、私どもは、奥の深い郵便公社の組織とその運営の特性、および企業会計の徹底を目指して日々努力している郵便公社の現状をすでに、山登りにたとえて申し上げてほぼ七合目まで程度、理解を獲得しています。

私どもは、郵便公社という山の頂上を目指して、いままでに獲得した知識を一層深化させ、会計監査目的を成し遂げながら、民営化を控えての内部統制の整備・運用状況の改善の、強力な手助けになれると確信しています。

…………

山頂から眺める郵便公社の姿はどのようなものでありましょう。私どもはすでに、公社の複雑な制度を七合目程度から眺められるようになっています。すなわち私どもは、いまからこの奥の深い公社の制度を麓の一合目から登り始める必要はもうないのです。

これは、私どもの比類ない強みであると考えます。

…………

第四期においても、私どもセントラル監査法人は、大日本郵便公社の会計監査人として、再び、最適な者であると信じています。

…………」

勝のプレゼンは熱を帯びて続いていった。

そして最後を、

「本日はこのような機会を頂き、大変感謝しています。ありがとうございました」

と、締めくくった。

勝はやれることは全てやったとの思いであった。

プレゼンの途中に下ろされた窓のブラインドに、ケヤキの枝が揺れるのが映っている。風が出てきたようであった。

選考結果の通知が来た。セントラルは選ばれなかった。

連絡を聞いた勝は席を立って、窓際へ行き、西方の関東平野の街並みを眺めた。晴れてはいるがどこか霞んでいる。丹沢山系越しに、富士山がかすかに薄く見えていた。懐かしい景色であった。

こうして、勝のセントラルでの生活は、延長されることなく全て終わった。

第四章　月光証券会計不正スキャンダル

監視委員会呼び出し

平成一八年一一月、証券取引等監視委員会の会議室である。

「あんたは月光証券のＣＦＯ（注57）の本田に頼まれて知恵を付け、彼と組んだんだろう」

「…………」

「黙っていたってわかってるんだ」

監視委員会総務検査課の大野木は、バンと大きな音を立てて、机を手のひらで叩いた。応接録のメモを取っていた立会い事務官が、びっくりして顔を上げた。

「あんた」と呼び捨てにされた、大野木とテーブルを挟んで座っていた男は、飛び上がらんばかりに驚いて目を見開いた。

彼は、いまマスコミに「月光証券会計不正」と書きたてられている、月光証券会計監査の現場取りまとめ責任者をしていた、セントラル監査法人金融部の藤田義人である。

「組むなどありえないことです。会社が出してきた会計処理案を制度会計の原則に則って妥当だと判断したのです。ご当局がお認めになった、『ベンチャー投資条項』いわゆる『ＶＣ条項』（注58）に従ったまでです」

大野木がまた乱暴にバンと机を叩いて、怒鳴った。

「いい加減なことをいうな。そんな条項を当局が認める訳は無いだろう。どこにそんなことが書かれているんだ。すぐばれるようなことをいいやがる。どこにあるかいってみろ。任意の聴取だと考えて甘く見るなよ。いつでも強制に切り替えられるのだから」

「いい加減なことなど申し上げていません。『連結財務諸表規則』第5条第1項と協会の『監査委員会報告第60号』にある『VC条項』で認められています。それに従ったままで、会計監査では、そのルールを遵守しないと『準拠性違反』で、ご当局にお叱りを受けます」

藤田が伏目がちに大野木を見ながら答えた。

大野木は立会い事務官にいった。

「おい、『監査小六法』（注59）を持って来い。僕の机の後ろのロッカーの上にあるから」

事務官が部屋を出て行って、暫時休憩のようになった。大野木は立って窓際へ行き、ポケットからタバコを出し、火をつけた。たしか全館禁煙のはずであるが、大野木は携帯用灰皿をこれもポケットから出し、タバコを燻《くゆ》らせた。煙が排気口に流れていく。

藤田は目を瞑り、下を向いたままで、大量の汗をかいている。汗は額から直接に鼻を伝わり、その先から頬を伝い、顎からポタポタと机の上に垂れている。藤田はその汗を拭こうともせずに、苦しげに息をしている。

事務官が分厚い『監査小六法』を持って来て、

「ここです」

と、略称で『連結財務諸表規則』といわれている、『証券取引法』第一九三条に基づく内閣府令『連結財務諸表の用語、様式及び作成方法に関する規則』第5条第1項と、『監査委員会報告第60号』の『VC条項』の部分に付箋を挟んでページを示した。

大野木はメガネをかけ替え、忙し気に読み始めた。静寂が流れる。

大野木はこれら条項などを何度か読み、苦々しげに、

「なんだ『できる』だけで、大原則ではないではないか」

とつぶやいた。

そして、藤田を見た。汗を垂らしながら、苦しげに息をしているのに気付いて、眉間にしわを寄せ、

「今日はここまでだ。帰っていいよ」

と、立会い事務官のほうを見ながらいった。

藤田は立ち上がり、よろめいた。事務官がドアを開けて、

「大丈夫ですか」

と、藤田の顔をのぞき込んで聞いた。

公認会計士は業務上で、机を叩かれて、怒鳴られるようなことはまず経験しない。大野木の幾度もの怒鳴り声は、藤田の精神にかなり堪《こた》えたようである。

検察のある特捜検事が、

「ヤクザには効き目がないが、ホワイトカラーは机を叩いて怒鳴ればまず落ちる」

と何かに書いていた。監視委員会には検察からの出向検事もいる。旧大蔵省証券局出身である大野木は真似たのであろう。大野木はこの特捜検事が、

「経済官庁の検査でこれを真似ると、『国家公務員法』違反になりかねない。検察は弁えていて、法律違反になるようなことはしないよ」

と、それに続けていっていたのを知らないのだろう。

大野木の行為は少なくとも、『国家公務員法』7節『服務』の規定に抵触している可能性がある。

それにしても、連結範囲の「VC条項」を読んでもいないのに、会計士を連結に関して罪に陥れる見込みを立てて調査をやっているのである。権力を持つ者の驕《おご》りなのであろう。

藤田義人はその後、体調が優れないと監査法人へ出社できなくなった。

月光証券会議室――平成一六年一〇月

「月光証券会計不正」の大騒動が起こる一年以上前の平成一六年一〇月、中間決算の数字が固まりつつある時のことである。月光証券の本田CFOと、セントラル監査チームの藤田義人と焼津毅は、月光証券財務部の会議室で向き合ってテーブルに着いていた。セントラルの藤田は、月光証券監査の現場取りまとめと日本会計基準での監査の責任者であり、焼津は米国会計基準での監査の責任者である。

この決算で月光証券は、月光PIの保有する、「ドラシステム100㈱」を対象としたEB債（注60）の評価益一二〇億円を連結で取り込み収益に計上した。

その一方で、EB債の発行会社である月光PIHを連結から除外したことにより、この会社に発生している同額の含み損を簿外とする会計処理をしていた。

この処理の件がこの日のテーマであった。両者間にはEB債なので評価益の原則PL（損益計算書）計上については、意見に差はなかった。

しかし一二〇億円とその金額が大きいので、藤田と焼津は、

「ドラシステム100投資スキームがイグジット（注61）するまで、保守的に会計処理する

方策をとるべきだ」

と説得に努めていた。

投資スキームを変えて、月光ＰＩＨを連結に入れれば評価益は出ないし、税金を払う必要も無いと真剣に説得していたのだ。

しかし、月光証券の本田ＣＦＯは、制度会計のルールに従えばＰＬ計上になるとの強い主張を、繰り返していた。

「制度会計の枠の中で利益を最大にする事業案を提案するのが投資部門であり、それをどう財務諸表に表現するかが財務部の役割だ。メリットとデメリット、それを採用した際のリスクも役員会に説明した。あなた方のいっている内容も説明してある。それを理解してこの取引スキームがダン（約定）された。

監査委員会（注62）はいまのところ何も提案していないが、財務の健全性が気になるなら、監査委員会で反対するのが彼ら監査委員の役割だ。会社はそれぞれの機関が与えられた役割を果たすことで、成り立っていく。

あなたたち外部監査人は、制度会計のルールを遵守して、会社が実行した取引を正しく表現しているか否かを、判断するのが役割でしょう。会社のことを思って、財務の健全性について注意喚起してくれるのはありがたいが、本来のあなた方の役割ではない」

勝のレジメから

月光証券と会計監査人の主張の違い

〈月光証券が行おうとしている会計処理〉

●制度会計ルールが認めているので、「VC条項」の適用で、月光PIまでの連結

●金融商品会計基準によりEB債の時価評価（EB債の時価評価益の計上）

〈会計監査人の説得内容〉

●「VC条項」による月光PIHの連結除外と金融商品会計基準によるEB債の時価評価は妥当と認めるが、イグジットするまで、株価下落のリスクがあるので、スキームを変えるなどの工夫により、簿外の含み損を残しての、利益だけの先取り計上を避ける。

●この方法のメリット…簿外含み損の回避、税金の先払い回避

焼津が、

「評価益が出てしまうのはルールだから仕方が無いが、完全にイグジットするまで価格がどうなるかわからないのだから、引当金、リザーブのようなものを計上する工夫をしたらどうだろう。米国会計基準ではこの種の評価益が出た場合、それを一定期間打ち消すようなリザーブが認められていますよ」

といった。

本田が、

「そういうことができればいいのだけど、日本会計基準ではできないよね。藤田さん」

とサラッと尋ねる。

「会社の意思で勝手に引当金は立てられません」

藤田がブスッと答えた。

時計をチラッと見て本田が締めくくり的に話し始めた。

「今回と異なり、ドラシステム１００の株価が下落して評価損が出ていたら、制度会計のルールに従って同様に処理をして、月光ＰＩに評価損を計上するのが私の役割だ。

あなた方も知っているように、経済実態が同じである取引について、会計処理が異なることが多くあるよね。日経２２５の株式を一単位ずつ持っていれば資本直入されるけど、日経

225の先物を同額持っていればPL計上される。株式取引なら資本直入、デリバティブ取引ならPLに反映されるというのが、現在の制度会計基準だよ。われわれは準拠性大事とそれを守らされている。

あなたのとこの勝さんが、金融商品会計基準はおかしい、というのが理解できるね。繰り返しになるが、今回の件は制度会計のルールに従って処理しているまでで、会計基準に反する処理はしていないと考えているよ。財務部門の責任者として、ルール違反のことはできないね。児玉会長にも常々、ルールは守れと厳命されている」

藤田と焼津はこの時、外部監査人の役割はここまでと思わざるをえなかった。

監査委員会――平成一七年四月

児玉会長は月光証券が総会屋への利益供与が発覚して苦境に陥った時に、経営の全権を任されて、先輩や同業から〝宇宙人〟と揶揄されながらも、会社の体質を近代的なものに変えて、月光証券を再生させた功労者である。

その過程で、米国のサティーから三〇〇〇億円の外資を導入し、ホールセールの合弁証券を立ち上げている。

そんな時期であったので、児玉会長は会計についても研鑽《けんさん》を積み、詳しい。実質的にCFOを兼ねたCEO（注63）であった期間があったほどである。

勝は、年に数回監査結果の報告会などで会う機会があった。いつも経営に関して造詣の深い、正鵠《せいこく》を得た議論ができる立派な経営者と思っていた。

セントラルの藤田、焼津と、月光証券・本田CFOとの間で、前述のようなやりとりのあった半年後の平成一七年四月、児玉会長が村田社長と共に、監査委員会とドラシステム100の会計処理について意見を交わしていた。

右端に座っている監査委員がいった。

「会計監査人の意見書では問題ない処理となっているが、監査委員として私は納得していない。せめてドラシステム100に関する会計処理について、投資家がわかるように注記を付けるべきと考えるがどうか」

「本件については監査委員の中でも温度差があり、注記を付けるとしても全体とのバランスがあり、これだけをクローズアップするのはどうかと考える」

とその隣の委員がいう。

「そういえば、経営会議（注64）で本田CFOに『ドラシステム100の件を外部に話してもいいか』と聞いたら、明瞭には答えなかったなあ。会計士が本田CFOにこのように処理するようにといったのか」

と児玉会長が村田社長に訊く。

「そうではなく、本田ＣＦＯがこのような処理をしたいと強く迫ったと思う」

と村田社長が答える。

すかさず加山監査委員が、

「そのように聞いている」

といった。

「この処理は粉飾なんかではないと、私は思うよ」

と児玉会長がいう。

またもすかさず、加山監査委員が、

「いや、私は粉飾決算だと思う」

といった。

すると左端に座っていた監査委員が、

「会計監査人の解釈はおかしい。会計士五人に聞けば四人は『ノー』というと思う」

と同意した。彼は、節税スキーム作成のコンサルテーションを仕事としていて、監査実務はしていない公認会計士である。

「いずれにしろ投資家にわかりやすくすべきと考える」

　と右端に座っている、初めに発言した監査委員がいう。そして、

「金融商品のオプションのような高度に専門的な内容の開示は難しい」

　とまた隣の監査委員。

「本件は、当てはめるべきルールが想定している事実と異なっているにもかかわらず、故意にあてはめを行っており、悪意を感じる」

　加山監査委員が強硬に主張する。

　村田社長が締めくくり的にいった。

「本田ＣＦＯにきちんと会計処理するように、いっておきますよ」

定年後

　勝舜一はセントラル監査法人を定年になり、地下鉄銀座線京橋駅の近くに次男が開いている医療クリニックに部屋を貰い、そこで長年溜め込んだ本をせっせと読む日々を送っていた。

　いまの勝は、ほぼ四〇年間打ち込んだ会計や監査や税務の業務には、全く関心が無くなっ

ている。これらの仕事はもう十分にしたと感じていた。

定年になった時、書店で目に付いて購入した『定年後』（注65）と題した新書本に、健康でいられれば定年後の残された時間は、定年までの現役勤務時間と同じ、八万時間だとあるのを見付けた。なるほど単純計算ではそうなる、要は時間の使い方で、気力次第だと理解した。定年後の生き方を特集した新聞記事には、定年後に読める本の数は約一〇〇〇冊と書かれていた。

勝は、書店へ行くのが趣味で、目に付く本はすぐに買いたくなる癖がある。そんな勝の書庫には読んでいない本がかなりあるが、一〇〇〇冊はない。勝は、これからまだ本当に一〇〇〇冊も読めるのかなあと感じている。

いま勝は、早川書房のマイクル・クライトン（注66）の著作をまとめて、もっと早くに読めばよかったと感じながら、丁寧に読んでいる。若い時読んだ『アンドロメダ病原体』（注67）以来のクライトン物である。

平成一八年一二月、勝の携帯電話が鳴った。

「勝です」

「毎朝の川路です。お元気のようですね。ご自宅に電話して、奥様にこの番号を教えていただきました。何もいわずに定年で退職してしまうなんて、水臭いですよ。まあ、勝さんらしいですけどね。お目にかかりに行っていいですか」

「お久し振りですね。川路さんはご活躍で。時たま署名のある記事を『さすが川路さん』と感じながら読ませて頂いています。定年で川路さんのお役にも立てなくなったので、『老兵は消えゆくのみ』と新しい生活を始めたのです。

これを暇というのでしょう、時間はたくさんありますのでいつでもどうぞ。ちょっとおいしいコーヒーだけは用意しています」

そして、勝は川路にクリニックへの道筋を説明した。勝は、川路が懐かしさだけで会いに来るのではないことを知っている。月光証券のことだろうと思った。川路が会いに来る時はいつもテーマがあった。

無沙汰の挨拶が済むと川路はやはり、月光証券のことを話し始めた。

「勝さんは、月光証券を代表者として担当していたことがありましたよね。評判になったテレビのドキュメンタリー番組『疑惑』で月光証券の会計について不正疑惑があると報じたのを知っていますか。

記者仲間では、月光証券の前監査役（注68）加山さんが社長の村田さんと大喧嘩をして会社を辞めて、腹いせにダンボール数箱の取締役会資料などをテレビプロデューサーに持ち込んだといわれています。

でも私には、何か変な臭いがするのです。このプロデューサーにも加山さんにもその後ろに、ウォール街のサティー・グループの影を感じるのです。五年ぐらい前に、月光の児玉会長が香港で、サティーのマンディー・ライズ会長に会って、三〇〇〇億円導入しましたよね、あの時に仕掛けられた罠が動き出したような気がするのです。

加山さんは前職が通産で金融庁に懇意がいますし、民自党の依田さんとは同郷で高校が一緒です。誰かがサティーの代理人、フィクサーの役をしていますよ、多分。

定年になり、もう監査なんかしたくないと思っている勝さんの周辺が、忙しくなるかもしれませんよ」

「そのドキュメンタリー番組は見ました。さすが手馴れた大テレビ局の番組ですね。よく煽っていると感じました。あの連結除外は会計士にとっては好みに合わない状況ですから、当時は、会社財務の健全性を考慮してスキームを変えたらと議論しましたよ。

ですが、役所が作らせた制度会計では、ご存知のように『VC条項』で連結除外を認めているのです。それで、制度会計ではできるとなっているというのが本田CFOの主張で、譲らなかったのです。

実行された取引を制度会計の枠の中で、どのように会計処理するかが、CFOの役割です。

制度会計に則って会計処理されたかどうかを判断するのが、会計監査人の務めです。『制度会計に基づき粛々と会計処理するのが私CFOの役割』と本田さんにいわれてしまえばその通りと思わざるをえません。

そんな取引は財務の健全性にもとると考え、止めさせるのは取締役の役割であり、監査役会の、この会社では監査委員会の仕事です。彼らが何もいわない以上、会計監査人の出る幕はありません。

私も騒ぎ方が何か変だなと感じています。こんな問題でどうしたのでしょうね。

まず、金融庁辺りが、前の担当者だった私にも何かいってくるかもしれませんね。セントラル監査法人は冷たいというかウンともスンともいって来ていません。金融庁に呼ばれたら『ご当局がお決めになったルールの通り判断しました』というしか、答え方がありませんね。

こうして本ばかり読んでいると刺激が少なくボケるかもしれませんから、呼ばれたりしたらボケ防止くらいにはなるかもしれません。煩《わずら》わしいですけどね」

「わが社はしませんけど、記者の夜回りが来るかもしれませんよ。『VC条項』やデリバ金融商品の評価などのわからない記者が来るのです。勝さんのことだからABCの時のように今度も、丁寧に説明してあげることでしょうね。

他社の知り合いには『そんなこと止めたら』と話しておきますが、それでも時間潰しに来るでしょうね。われわれの商売は他社と同じ記事を書かなくてはならないのです。強迫観念に駆られてです」

川路はコーヒーのお代わりをして帰っていった。

密謀

JR新橋駅に近い地下のバーである。いまの時代に珍しく、ここではタバコの煙がもうもうとしている。

カウンターの奥に、月光証券前監査役の加山と、あのテレビプロデューサーが座っていた。二人の前にはウイスキーの水割りのグラスがある。

「あなたのあの番組はたいした影響力ですね」

「お蔭様で。加山さんからたくさん材料をいただいたので、まだまだ面白い番組を作れますよ。もっともっとお役に立てますよ。

それに、取締役会資料のうち監督当局が関心を持ちそうな一部を、監視委員会にいる後輩に渡しておきました。ありがたがっていましたよ。何かやるでしょう。

しかもこの件は、監査人がセントラルですから効果があります。マスコミはまたセントラルだと、喜んで乗ってくるでしょう。セントラルについてなら、上司も新番組を認めてくれます。マスコミは流行り商売です。皆が走れば白も黒になります。セントラルに恨みはありませんが、われらも商売ですから大いにやりますよ」

「セントラルはムトーボウなどしでかしたのですから、身から出た錆《さび》ですよ。会計監査の信頼性が問われている時代です。マスコミはデリバが絡んだこの問題の論点を理解できないでしょうが、ここぞとばかり叩くでしょうね。セントラルは業務停止で傷んだ傷口がまた大きくなるでしょう。

　ところで、マスコミが騒ぐと大いに喜ぶところがほかにもあります。例のサティーです。日本代表をしているトーマスに資料を渡して丁寧に説明しておきました。

『騒ぎになったらありがたいが、こんなことで会計不正になるのだろうか』

『村田社長も本田CFOも制度会計に従ったままででしょう。まして会計監査人はほかにやりようがないでしょう』

　といっていましたよ。さすがよくわかっていますね。あなたのつけた火が大きくなれば、サティーにも感謝されますよ」

「そうなったらうれしいですね。そろそろ時間です。今日のところは私が」

　テレビプロデューサーはバーテンに手を振った。

加山はグラスを飲み干し、残った氷を一個口に入れ、転がした。

テレビ記者

平成一九年一月、セントラルの顧問弁護士・和久勉から、月光証券の件で事情を聞きたいと電話が来た。もうすでに、勝がセントラルを定年になって四カ月が経っていた。

知らない間柄でもないので、勝は顔を見がてら、また監査法人が何もいってこないので状況を教えてもらおうと考えて、和久の事務所へ出向くことにした。

久しぶりにスーツを着て、ネクタイを締めて、勝は自宅の門を出た。

朝七時少しすぎであった。駐車場の車の陰で人が動いたようである。その影は足早に近付いてきて、

「勝さんですね。テレビ毎朝です。月光証券のことで伺わせてください」

若い女性であった。黒のパンタロンスーツを着て、左手にマイクと、右手に筒にしたノートを持っていた。短い髪で整った顔立ちをしていた。背は高い。

その後ろにビデオカメラを持った小太りの若者がいて、カメラを回し始めた。勝はとっさに手を挙げて遮り、

「いいですけど、カメラは止めましょうよ」

といった。

「テレビなので映像がないと駄目なのです。済みませんがお願いします」

並んで歩きながら、記者がいう。

「バスに乗ります。歩きながらでいいですね」

「結構です。月光証券で何が起こったのですか。素人というか、私たちマスコミにもよくわかりません」

「昨年定年になり、監査法人からこの件で何もいってこないので、私にもわからないのですが、あなた方マスコミは、『月光証券会計不正』と騒いでいますね。『孫会社を連結に入れず、その親会社が持っていたEB債の評価益だけを取り込んだ』と書いています。二年前のことなのですが思い出すと、確かにその通りの処理をしています。

しかし、連結の件は当局が決めた『VC条項』に従ったままですし、EB債の評価益のことは金融商品会計基準でそのように会計処理することが求められています。制度会計の枠に従わないと準拠性違反を問われます。なんでこんな騒ぎになっているか、不思議なほどです。

『VC条項による連結除外』にしろ『金融商品会計基準に従うEB債のデリバティブ部分の

評価益計上』にしろ、特殊問題すぎて、会計士でもこの業種に携わったことのない人には、難しくて理解できないでしょう。

そんなことが原因して、含み損逃れの、連結外しのとか、架空の利益計上とか、非難しているのでしょう」

「私などは文学部を出て、テレビ局に入りました。月光証券のことは何が起こっているのか、本当にはよくわかりません。

昨夜も上司から、『またセントラルだ。きっと何かある。行って来い』といわれて、勝さんのとこへ来ました」

「お恥ずかしいことに、セントラルはムトーボウ事件をしでかしました。マスコミでは、月光証券についても、またかと考えてしまうのでしょうね。ムトーボウ事件は実際には、マスコミで書いているのとは違うようですが、当局に認定されてしまうと、違うなどとはいえなくなります。

名門セントラルもダメージに、のた打ち回っているようです。

あ！　バスが行ってしまった。……JRの駅まで送ってくれませんか。赤坂見附で人に会う約束になっています」

「かまいませんよ。すぐに車を呼びます」

赤坂見附にある和久弁護士の事務所で、久しぶりに和久に会った。

「出てくる時にテレビ毎朝が来ました。カメラ付きでした。驚きましたよ。月光の件はそんなに大ごとになっているのですか」

「参議院の財政金融委員会で、民自党の依田さんが思わせぶりの質問をしています。金融庁もそれに乗っているようです。上場廃止にでもなると、きっと損害賠償の訴訟が起こります。ですからできる準備をいまから始めているのです」

「そうですか。セントラル監査法人からは何もいって来ません。ムトーボウですっかり組織が機能しなくなってしまったのでしょうね。いい時にというか、悪い時にというか、定年になってしまったものです」

「あなたの定年はセントラルにとって痛かったですね。顧問弁護士としてつくづくそう感じています。ところで実際のところ、月光の件はどうだったのですか」

勝は、制度会計での考え方を説明し、この判断しかなかったと和久に話した。

そして、監査現場では藤田や焼津たちが、簿外の含み損は財務の健全性上避けるべきだから、それを防ぐために取引のスキームを変えたらどうかと話したが、ＣＦＯはそんなことをいうのは監査人の役割ではないと、聞き入れなかったとの説明を受けたと話した。

月光証券監査には、証券業でのわが国最高の優秀な監査チームを付けてあったのに、会社側が聞く耳を持たなかったのは残念なことだとも付け加えた。

和久は最後に、

「勝さんはいつも明快で気分が晴れますよ。マスコミもそんな風に書いてくれるといいのですがね。あの人たちはみんな右へ倣えです。出っ張った意見、違った意見は書きません。そんな人たちが煽っています。困ったものです」

といった。

審問

平成一九年三月、勝のところに金融庁から、月光証券の監査証明に関し公認会計士法に基づく審問を行うので出頭するようにとの連絡が来た。

煩わしいことよと思いながら勝は、指定された日に行くことに同意した。審問者は企業開示課の森済《もりずみ》課長補佐だという。勝が長く付き合ってきた金融庁の担当者たちは、それぞれ年齢を重ねて昇格し、この種の実務には携わらなくなっている。

森済は最近めきめきと売り出してきた若手で、事件多発で多忙を極める企業開示課の働き手である。勝も何度か話したことがあるが、頭の鋭い勉強家であり、性格に役人のいやらしさがない。

森済が話し始めた。

「『公認会計士法』第三三条第一項の審問を行います。虚偽の証言をすると、罰則が適用されることがありますので、覚えていない場合、おぼつかない場合は、その旨をおっしゃってください。現在のご職業は何ですか」

定型質問なのであろう。勝が答える。

「登録上は、個人会計事務所を開いていることになっていますが、監査も税務も会計の業務もしていません」

「なぜなさらないのですか。監査業務の充実のためには経験豊かな会計士が不足しているのを、ご存知ですよね」

「会計も監査も税務も十分してきたので、もうよいと思ったからです」

「そうですか。もったいない」

森済は本題に入った。

「さて、これまで藤田義人さん、焼津毅さんら関係者の方々と月光証券の有価証券報告書にかかわる監査について、お話をさせていただいています。

われわれとしては論点をある程度絞ってきています。

平成一七年三月の連結の問題については、月光証券と月光ＰＩと月光ＰＩＨとドラシステム１００の四社の構造の中で、『ＶＣ条項』を適用した状況については、月光ＰＩＨとその投資先のドラシステム１００の二社は一体であると判断なさった。一方、その所有株式の評価に当たっては、月光ＰＩと月光ＰＩＨ及びドラシステム１００の二社は別であるという判断をされています。

個々を見れば、正しい判断だということも理解はできますが、背景事情の違った二つの命題が並び立った監査が行われているということを、どう評価するかという点が問題です。

あとはＥＢ債の発行日付の遡及《そきゅう》・改竄《かいざん》といわれていることです。皆さんが悪意とは思っていませんが、ＥＢ債が発行されていないことが、窺い知れたのではないか、わかったのではないかという状況が、あったのではないかということです。

この二点に絞って行きたいと考えています。

まず、勝さんはドラシステム１００の投資スキームをいつ認識されましたか」

勝は、役員講評用資料の原稿を見たのはいつだったかなと記憶を追った。晴れた日で、西のほうに山並みが黒々と見えていた夕方だったのを、まず思い出した。

「定例の役員・監査委員会への報告会のレジメ原稿が上がって来た時にです。監査委員会と連結について議論があることもその時に知りました。監査人としてはこの判断しかないと考えました。監査委員会は異論があるなら、この取引の実行を止めさせればよかったのです。それが監査委員会の仕事です。それこそ監査委員会の役割です。

監査人は制度会計の枠の中で、会計処理の妥当性を判断するのが仕事です。営業部門も財務部門もその役割は、制度会計に則り公表利益を最大にすることだと考えます。その方策を取締役会に提案し、承認を得て実行するのです。それが会社のためになるか否かを判断するのが監査役の、この会社の場合には監査委員会の役割です」

勝は質問の先を見越して答えた。緊張感は全く無い。

「制度会計の中ではこの判断しかないとのことですが、藤田さん、焼津さんたちは初め、妥当な処理ではないのではないかと思われたそうですが、その点は如何ですか」

勝の見込みの通りの展開である。勝が続ける。

「当然ですよ。この処理は会社の財務の健全性にもとります。会計士にとって最も嫌いな種類の処理です。だから彼らは止めたらどうかと財務部門に話したのです。

しかし本田ＣＦＯは、『ＶＣ条項』と金融商品会計基準があるのでそのように会計処理できると主張しました。実際ご当局がお認めになった制度会計では、このように会計処理できるのです。会計監査人は制度会計に則って判断せざるをえません。反対しても犬の遠吠えです」

「財務部門に止めたほうが健全だといったのですね。監査委員会にはどうでしたか」

「財務部門は制度会計でできると繰り返していました。

監査委員会には、財務の健全性にもとるとわれわれは考えるが、制度会計では認められると話しました。

でも、何の反応もありませんでした。調査委員会報告では、監査委員会は役割を果たしたような記載でしたが、本来の機能を果たさなかったのは、監査委員会だと考えています」

勝は、監査委員会の責任逃れと、それをかばっているような調査委員会の文章を思い出した。内部調査などはこんな程度の踏み込みのものと思ったことも思い出した。

「あの調査報告書は変ですよね。監査委員会を弁護しています。調査委員の人たちは、株式会社における機関の役割を理解していないようですね。

繰り返しになりますが、勝さんは直接、月光側からこの件について相談を受けていませんね」

「はい。月光側から私のところに直接電話があったこともありません」

「月光側の関係者と話をしたのは、監査委員会との議論が初めてですね」

「はい」

「それは間違いありませんね」

「電話もくれませんでしたし、私は会社に行ってもいませんので、間違いありません」

「そうすると、連結については『VC条項』が適用され、金融商品会計基準でEB債の評価が確定した後に、この問題を認識したということですか」

「証券会社は決算が早いですから、もう決算内容が決まっていました」

おかしな会計ルール

森済は、続けて質問してきた。

「監査チームが監査法人本部の業務支援部（注69）にこの内容を照会していますが、ご存知でしたか」

「知りませんでした。現場のそのような手続は、私に報告しなくてもすることができます」

「知ったのはいつごろですか」

「この問題が騒がれだしてからです」

「なんで制度会計では認められると考えていながら、業務支援部へ妥当かどうか照会したのでしょう。

藤田さん、焼津さんの両名ともが、ＥＢ債の会計処理を決定する時に、月光ＰＩと月光ＰＩＨとドラシステム１００とは一体と判断していたのではありませんか。だから、ＥＢ債については時価評価のうえ資本直入するほうが、妥当と考えて照会したのではありませんか。

ところが支援部の回答は、『ＥＢ債はデリバティブが組み込まれた金融商品で、月光ＰＩと月光ＰＩＨ及びドラシステム１００の二社とは一体とはいえないから、デリバティブ部分の評価損益は通常損益で計上すべき』でした。

私は、藤田さんたちの判断が監査人としては正しいと思うのですが」

「残念ながら金融商品会計基準は非常におかしな基準だと思っています。このおかしな基準によると評価益があれば、キャッシュ・フローがなくても配当ができるのですよ。この基準にその通り準拠しなければならないとされています。業務支援部はこの判断しかできなかったのです。

もっとゆるい枠になっていれば、藤田たちが議論したような内容に流れたはずですが、今回の場合、あそこでこの趣旨と違う判断をしたら、それこそ〝準拠性違反の問題〟が出てきてしまうと思います。

もし、私が途中で相談に乗ったとしても、

『それはやはり金融商品会計基準でいかないといけない』

といったと思います。変なルールでもルールがあったら従わざるをえないという時代がいまですから、その中でこう判断せざるをえなかったのです」

勝は、藤田たちの会計センスのよさを思い出した。そのセンスのよさを、がんじがらめのルールと独断的な会社財務部門が生かせなかったのである。こんなルールへの準拠性を気にしなくてよいなら、会計理論に戻って判断ができたのにと思った。

勝がさらに答える。

「この監査チームの人たちは非常に優秀で、いつも真剣に議論をする人たちですから、制度会計のこの枠を当然に考えたでしょうけれど、金額が大きかったので一応相談することにして、回答が来て『やっぱりね』と思ったのでしょう。

こういうふうに相談したらどう答えが返ってくるかと、回答を予測しながら質問したのでしょう。そうだったと思います。いまの制度会計ルールはとてもきっちりと枠が決められてしまっていて、それから逸脱できないようになっていて、会計理論に基づいて考え直すという昔あったようなことが、認められなくなってしまっています。

その結果、こういった不都合が起こってしまうのです」

「金融商品会計のルールは、会計士協会の実務指針でしたよね」

勝は、金融商品会計基準について批判的な議論を展開したいところを抑えていった。

「そこを議論してもどうしようもないことですが、いろいろなことがあってご当局が新会計基準を導入なさり、それをベースに協会がどんどん実務指針を作っていきました。その作成の過程で、綿密にご当局の了解を得ています。ですから実務上なかなか逸脱はできなくなっています。がんじがらめのいろいろなルールができると、逆にこういう問題が起こると思います」

森済はこのテーマにそれ以上立ち入ってこなかった。勝の日ごろの考えを聞いていたのかもしれない。

責任逃れ

森済が続けた。

「監査委員会が『監査人が認めたから反対できなかった』といっているくだりが調査委員会報告にありますが、その通りですか」

「会計監査人は監査現場では、会社の財務の健全性とか、何が会社のためになるかということをいろいろ考えます。その中で議論していきます。

しかし、そんなことを考えるのはお前の役割ではない、というようなことをいう会社もあ

勝のレジメから

会社機関のそれぞれの役割

〈営業部門〉

●利益獲得方法の提案・執行

〈CFO〉

●営業結果の会計ルールによる財務諸表での表現

〈取締役会〉

●営業部門、CFOの業務執行の承認

〈会計監査人〉

●CFOの提案した会計処理が会計ルールに則っているか否かの検討

〈監査委員会〉

●前四会社機関の業務執行状況の妥当性検討

ります。小さな会社だとそれまで心配してあげないといけませんが、大会社になると、そういうことは取締役会が決め、監査役会がOKを出せば、それまでの話になります。

この会社の場合、それは会計監査人の仕事ではないと、管理部門がいつもいっていました。業務が妥当かどうかは最終的には監査委員会が判断するわけです。会計監査人がその業務の実行の妥当性を判断するのではないのです。気になって何かをいうと、『それはお前さんたちに口出しされるようなことではない』といわれてしまうのです。

会計監査人は、すでに会社が取引を実行し、それを会計処理してきた結果を見て、それが制度会計のルールに則っているか否かを判断するだけなのです。

『会計監査人が認めたから反対できない』

などは、責任逃れもよいとこのいい草です」

勝は、責任逃れの監査委員の顔々を思い出しながら答えた。いつも威張っていて、礼を知らない人たちが多かったと改めて思い出した。

「最後のお尋ねですが、月光証券が訂正有価証券報告書を出して、そこでは売買目的の投資先会社を全部連結して、内部取引を消去して評価益の取り込みが無くなっていますが、このことをどう考えますか」

「スキームを変えないで、それへの理解の仕方だけを変えたのでしょうかね。訂正理由を読む限り明瞭ではありませんね。

ただ大きな会計環境の流れの中では、エンロン以来、全部連結の流れになってきています。それに乗ったのでしょうね。

この状況の中で、取引のスキームは変わっていないのに、今期から連結しますと会社がいってきたら、どう判断しますかね。会計処理の継続性の問題が出てきますからね。

腕っこきの財務マンなら、連結の必要が出たのなら、スキームが変わったとか、変えたとかと話をしてくるでしょうね。

何も変わっていないのに、会計処理を変えて連結しますと持ってこられたら、監査人としては継続性違反といわざるをえないでしょうね」

勝は、実際のところ、当局がこのように訂正することを指示したと考えている。

彼らにとっては、形が整えばそれでよいのである。会計理論などどうでもよいのだろう。

この質問は形式だけのものだったようだ。これで終わりであった。

「児玉会長、村田社長をご存知ですよね。いま二人にどんなお気持ちですか」

もう実質上、審問が終わったことを示す質問であった。

「児玉さんはこの産業には珍しい立派な人だと思っていました。あの人が発行日のことでは私たちを騙したのかと、しっくりしない気持ちです。村田さんとは付き合いが短いのでわからないとこがありますが、児玉さんは立派な人だと思っています」

「外部調査委員会報告でも『児玉さんが知らないというのはおかしいですね』という書き方をしていますね。知っていたとは結論付けていませんが。知らない状況は変ですよねというニュアンスを出していますよね」

「会長になってからどれだけ実務をやっていたかわかりませんが」

「審問は以上です。今回の審問などの結果に基づきわれわれも検討を行ってまいります。厳しい結果になるかもしれませんし、そうでないことになるかもしれません。最終判断が決まった時にまたお越しいただくことになります」

緊張などしていないと思っていたが、済んでみると勝も、疲れたなと感じた。

スターバックスを見付けて、砂糖をいっぱい入れてラテを飲みながら勝は、審問の状況を思い返し、問題になることはいわなかったことを確認した。そして、金融庁とは随分付き合ってきたが、もうこれまでにしたいと勝はつくづく感じた。

スキャンダルの概要

平成一九年四月の三禄会例会は、勝が巻き込まれてしまって騒がれている『月光証券会計不正スキャンダル』を、臨時のテーマとすることが決まっている。

「勝君の商売も忙しい商売だね」といいながら皆は、お騒がせ続きの勝の身辺をいろいろと心配してくれている。勝は定年になってもなかなかボケさせてもくれないと、強がりをいいながら、昔のことを思い出してガイダンス資料を作った。

勝が各々の顔を見ながら、用意したレジメにチラッと目をやっただけでそれを開きもせずに、その上に手を置いたままで話し始めた。

毎回のごとく全員が出席である。掘りゴタツ形式のテーブルに、それぞれがくつろいだ姿で聞いている。大振りの茶碗が銘々の前にある。

「『月光証券会計不正』と騒がれているこのスキャンダルの概要を、これからお話しする。不可解な点が多くあり、会計監査人を新経営陣が訴訟するとか、金融庁が厳重に処分するとか、いろいろ書かれていたが、サティーが月光にＴＯＢ（注70）をするかもしれないと伝わりだしたら、何かうやむやになってきたように見える。

皆も知っている新聞記者の川路さんがかなり前にいっていた、『そのうちにサティーが出てきますよ』が、ことの本当のとこを突いているような気がしている」

勝は淡々と話し始めた。

「さてことの始まりは、テレビのドキュメンタリー番組だった。平成一七年一二月に放送された『疑惑』と題したドキュメンタリー番組で、月光証券グループのドラシステム１００への投資に関する会計処理に、粉飾の疑惑があると指摘したのが発端だ。

こうして、月光証券会計不正と大きく騒がれるスキャンダルが始まった。

「今回の場合後で分かったのだが、月光証券の前監査役加山さんが月光の村田社長と大喧嘩をし、自分から辞めたか辞めさせられたかした腹いせに、段ボール数箱の過去の月光証券取締役会資料を知り合いのテレビプロデューサーのところへ持ち込み、いろいろと説明したのだそうだ。

このプロデューサーはこの資料の触り部分で番組を作った。その後で、平成一八年二月になって国会の参議院財政金融委員会で月光証券に会計不正ありと質問した、民自党の依田代議士へ資料を渡したらしい。

いま、前監査役の加山さんは兜町にコンサルの事務所を開き、高笑いが止まらないとのことだ」

「本当にふとい奴だ」

衆議院議員の安井がいう。

ニコッと笑って勝が続ける。

「この参議院での追及に、金融庁担当大臣が
『仮に問題があるとすれば、法令の適用の対象になるかどうかはきちんと検討するつもり』

『事実関係を調べたい』

　と答弁して、このスキャンダルの流れが決まった。

　金融庁は次第にこの件に対する姿勢を強め、断続的に説明と資料提出を求め、平成一八年三月に、課徴金などを扱う証券取引等監視委員会総務調査課が、月光証券に対して『証券取引法』第二六条に基づく報告を徴求して、本格的な調査に乗り出した。

　そして、平成一八年一二月に、発行登録追補書類の記載に法令違反の事実があったとして、五億円の課徴金を課すことを勧告した」

「課徴金の五億円とは大きいね。そんな記事があったかなあ。僕は見落としたらしい。

　僕は証券など悪いことばかりしていると思っているから、そんな者の眼には引っかからなかったのかもしれない」

　証券会社嫌いの巨大スーパー会長の大川は、ニヤリとしている。

「大川君にかかると証券は皆悪者だ。確かにそんな会社もあるし、人もいるけどね。さて、このケースでは、監視委員会が指摘した法令違反の内容は次のものだ」

　用意した資料を見ながら、勝は続けた。

「『月光証券とそのグループは、
イ　子会社である月光プリンシパル・インベストメント（以下では月光ＰＩということにするよ）が、その株式の全てを所有し、実質的に支配している月光ＰＩホールディングス（同様にこれは月光ＰＩＨというよ）を連結の範囲に含めず、
ロ　月光ＰＩＨが発行し月光ＰＩが保有していた他社株式償還特約付社債券（よく知られた呼称ではＥＢ債といっているよね）の発行日を偽るなどして月光ＰＩの会計帳簿等を作成し、本来計上できない当該社債券の評価益を計上することにより、連結経常利益が六九〇億円であったにもかかわらず、これを八一〇億円と記載し、連結当期純利益が四五〇億円であったにもかかわらず、これを五七〇億円と記載するなどした連結損益計算書を、平成一七年三月期有価証券報告書に綴込み、これを用いて、違法にも六〇〇億円の社債券を取得させた』
くどくど書いてあるが、平たくいえば、一二〇億円利益を多く記載した有価証券報告書で、社債を発行したのは、法令違反だというのだよ」

「この辺までなら、僕でも説明についていけるね。それからどうなるの」

脳外科医の西本がうなずきながらいった。

「このスキャンダルの構造を整理すると以下のようになる。

まず、

①月光ＰＩＨを連結の範囲に含めなかったこと、

次に、

②月光ＰＩＨにＥＢ債を発行させ、月光ＰＩに所有させたこと、

そして、

③ＥＢ債の発行日を遡らせたこと、

その結果、平成一七年三月期に月光ＰＩにＥＢ債の評価益約一二〇億円が発生し、同時に月光ＰＩＨに同額の評価損が発生した。しかし、月光ＰＩＨが非連結であるために、月光ＰＩの評価益のみが親会社月光証券に連結上で計上されることになった。

この構造で、①と③を取り上げて監視委員会は課徴金納付命令勧告を行ったのだ。

ところで、上記の①から③の行為は、会計監査人として見ていないところなのでどうも実際のところがはっきりしない③を除き、会計実務上それ自体、不当なものとはいえないルールになっているんだよ」

「さっきまでだな、僕にわかるのは。専門分野すぎる。後の関心は結論がどうなったかだけだ。勝君のことだから間違った判断はしないだろうに、どうして揉めたのかだ」

西本が真剣にいった。

「この連結除外を認める『VC条項』は、金融庁当局と協議しながら作成されたもので、当然当局の認めるところで、ある意味では当局の意向を受けて規定したものだ。

このルールは会計実務上では、広く採用されている。『できる』規定であるので、投資スキームの作り方を工夫して、連結に含める場合も、含めなくする場合もある。

有名な事例だが、ある大証券金融会社では、売却目的で株式を取得した英国の居酒屋・パブチェーンを、支配権があるからといって連結の範囲に含めては、財務諸表がその金融グループの状況を的確には表さなくなるからとの判断で、連結に含めていない。

監視委員会の調査官は、いろいろ聞いていると、どうやら『VC条項』の存在を知らず、原則全部連結のみが正しいと考えていたようで、それにより課徴金納付の決定を行ったように思われる」

社会経済学教授の高井が訊く。

「当局はどうしてこのルールを作りたがったのだろう」

勝が答える。

「どうしてかねえ。異業種は連結に含めないという純粋理論を考えたかもしれない。それよりも多分、業界が強力に陳情したのだろうね。そして認めてしまったので、駄目だといえな

勝のレジメから

ドラシステム100株式の
保有構造と利益計上の関連図
〈当局の主張〉
【月光証券㈱――月光PI――月光PIH――ドラシステム100㈱】は一体である。
→全部の会社の連結。
EB債の評価益は、評価損と相殺されてゼロ

〈月光証券の主張…会計監査人同意〉
「VC条項」の適用により、
【月光証券㈱――月光PI㈱】と【㈱月光PIH――ドラシステム100㈱】は一体でない。
→月光PI㈱まで連結。
EB債の評価益の計上、評価損は計上せず

くなってしまったのかもしれないね。

会計士にとっては迷惑なというか、きわどい規定を作ってくれたものだよ。

でも、プリンシパル・インベストメント業にとってはあったら便利なルールではあるね。

このプリンシパル・インベストメント業とは、投資会社が投資対象会社の株式を取得して、投資先の経営に積極的に参加して企業価値を上げ、その後株式を売却して、この売却の行為をイグジットといっているのだが、収益を実現することを営業目的としている業だ。

今回の月光証券のケースでは、月光証券の子会社月光ＰＩが、ドラシステム１００の株式を一〇〇％の子会社・月光ＰＩＨ（親会社の月光証券から見ると孫会社）を利用して投資目的で取得し、プリンシパル・インベストメント業務を行っていた。

ＳＰＣ（注71）の孫会社に持たせたのは、イグジット時に顧客の要望に対応しやすいようにするためだと聞いている。ＳＰＣは使い方を間違えると違法にもなりかねない。大川君の嫌いなこの業種では、特に危険な道具になりかねないね」

処分スキーム

「検査官が描いたスキームは以下のようなものだ。

月光ＰＩＨを連結に含めず、月光ＰＩＨが発行したＥＢ債を月光ＰＩが引き受けることで、連結の内外にまたがるデリバティブ取引が行われ、月光ＰＩに生じるドラシステム１００の株価上昇に伴うＥＢ債の評価益だけが、連結決算に取り込まれることになる。

その一方で、これに対応する月光ＰＩＨに発生する評価損は、連結外であることから取り込まれなかった。

しかも、ＥＢ債の発行決議が行われたのを七月一五日に遡らせて、交換権行使価格を七月一五日の終値である四万二〇〇〇円まで意図的に引き下げ、九月末日の株価と交換権行使価格の差額によって算定される評価益を増額させた、というものだ。

こうした行為は、あらかじめ計画された一連の行為だと考えられてしまい、『ＶＣ条項』を利用して、月光ＰＩＨを意のままに操作することにより、グループ内での利益操作を行おうとする意図のもとで、行われたものだと認定されたのだ。

改竄したとされている発行日に関しては、監査人は途中を見ていないので実際のところはわからないが、確かにドラシステム１００株式を取得した直後である七月一五日にＥＢ債を発行した場合、九月末までに株価が下落して巨額の評価損を抱えるリスクがあった。

そこで九月下旬になってそのリスクがほぼ回避されることが明らかになったタイミングで、七月一五日に遡って、ＥＢ債を発行したことにしたと疑われている。

勝のレジメから

〔検査官が描いたスキーム〕

EB債発行日の遡り（改竄）と評価益計上の確実性

【16年7月中旬】……EB債の発行日とする………

①16年7月中旬にEB債を発行するとこの間の株価下落のリスクあり

④この間のドラシステム100の株価上昇額分の利益増額確定

③7月15日に遡ってEB債を発行して取得したことにする

【16年9月下旬】……②そこで、下落のリスク回避の確認できた9月下旬に……

勘繰りとしてはよい解釈だ。何事もよくは見てくれない当局につけ込まれたのかもとの疑念は大いに残るけどね」

「この会社を正直者として考えてよいのかなあ。証券は大変な知恵者ぞろいだから、制度会計上駄目といえない材料を揃えて説明したのではないかなあ。僕はこの業種は嫌いだね。君子危うきに近寄らずだ」

大川はにべも無い。

「当局もこの業種はズルばかりすると思っているようだね。僕も児玉会長がいなかったらそう思ったかもしれないよ」

勝が真剣な顔でいって続けた。

「繰り返しだけど、連結除外のこの会計処理では含み損のみが簿外となり、会社の財務の健全性にもとる。会計士にとっても大嫌いな状況だ。

会計監査人は、制度会計に則り行われた会計処理の妥当性を判断するのが役割だ。この月光証券のケースの場合、会社は制度会計の枠の中で取引を企画して実行し、それの基礎証《しょう》憑《ひょう》を揃えて会計処理して提示してきた。監査人には妥当と判断するしか道は無かった。

マスコミは『月光証券会計不正』と囃し立てたが、連結除外と金融デリバの評価益の計上は、会社の財務部門も、取締役会も、監査委員会も、当然に会計監査人も、当局が認めた制度会計の枠の中で判断したのだ。

ＥＢ債の発行日改竄は事実かどうだったかの問題で別のことだがね。

後になって監査委員会は、財務の健全性が気になるといい出しているのだが、権限があったのだから初めの時に実行を思い留まらせるべきであった。

それをしないでおいて、前監査役の加山さんは関連資料をテレビプロデューサーへ持ち込んであんな番組を作らせ、多分、外資にも持ち込み、その代理人にもなっているのかもしれない。あきれたもんだね」

勝は本当にあきれたという表情を見せてそういった。そして続けた。

「当局は外資にはよい顔をしたいようだし、処罰に持ち込みたい別の思惑があったかもしれない。

監視委員会の調査官が、こともあろうに『ＶＣ条項』の存在を知らなかったことは確かなようだから、調査自体がかなり作為的で、調査の開始以前にすでに処罰のスキームは組み立てられていて、発行日のことでもそれに合う証拠のみを集めたようにも考えられる。

また、この発行日の改竄が実際にされたとして、会計監査人は改竄に気付くべきであったと非難されているが、会計監査は全て取引が終わった後で資料を見るので、改竄があったたかどうかなど気付きようがない。無理な要求だよ。

監査費用を気にせずに、常駐ができて、取引と同時に即時に全ての取引資料を見られるのなら、改竄があれば気付くだろうがね。

でもそんな監査実務を期待されても実現不可能だ」

勝は何かいい添えることはないかと、レジメを見直した。そして、締め括った。

「これがスキャンダルの概要だ。

私としては、こんなことで揉めるとは思ってもいなかった。このスキャンダルは説明してきたようにかなりテクニカルな内容を含んでいて判断が難しく、その判断の基礎になるルール自体にも問題がある。

会計士でもこの分野に関係したことが無いと理解が楽でなく、多くの一般事業会社しか担当したことのない会計士は新聞記事などを見て、即会計不正と思ってしまったようだ。

それでは、質問があったらお答えするよ」

勝はやさしく話すことを心掛けたつもりであったが、会計技術的すぎる内容であったことが気になった。

しかし皆の顔には、説明についていけないといっていた西本も含め、十分に理解しているという表情が浮かべられていた。

マスコミ通念の誕生

やまとフィナンシャル・ホールディングス会長をしている石黒太平が話し始めた。

「月光証券は勝君が担当なのを知っていたので、うちの調査部長に頼んで関連資料を集めたよ。その資料をよく読んだ。本が書けるほどに詳しくなった。

読んでいて、マスコミの記事はほとんどいい加減なものだと感じたね。ただ、川路さんの毎朝だけがほとんど記事にしていないのが不思議だった。問題の性格がわかっていたのだろうね。

マスコミ同士が出所、責任の明らかでないいい分を反復しているうちに、マスコミ通念が形成されて、『世論』として金科玉条になる。いつもの経過を見て恐ろしくなったよ。

この段階で反対の意見を出そうとしても、メディアではできないね。でき上がったマスコミの通念に反することは報道されない。記者たちは理解することも、詳しく調査することも、反対意見を吟味することもしないで、また、反対意見が存在することを記事にすることもしないで、他社と同じような報道を繰り返す。

同質の内容のことをこの報道システムに投入すると、子供が喧嘩でいい合いをしていると、同じことをいい合う反復現象が起こるように、エスカレートして行く。マイクとスピーカーを向かい合わせにセットしてしゃべるように、音量の相乗拡大が起こってしまう。理性があったら、毎朝新聞のようにこの関係に入り込まないことなのだろうな。

大新聞、テレビ局の記者たちの頭の中では、自分の判断と周囲の判断が混じり合って混然となっている。記者の多くは、十分な判断力を持っているはずだが、簡単に容易に画一的に流されてしまいがちだ。あるいは画一性の中にいないと安心できない心情に条件付けられてしまっているのだろう。

大組織のメディアの記者は、フリージャーナリストと違い、基本的には会社員であり、常に組織、上役を意識し、自分の責任で意見をいう覚悟ができていない。周りをちらちら見ながら、誰かがすでにいった内容であることを確認しながら、それと同じ内容のことをオウムのように繰り返す。これが大合唱になり、これへの異論を唱えることはメディアへの謀反であり、許す訳にはいかないと思っている」

日ごろから思っていたことなのだろう。石黒は一気呵成《かせい》にマスコミ論を展開した。

「変なことを長々としゃべったが、勝君が『月光証券会計不正問題』でメディアの攻撃にさらされていたことがよくわかったよ。会計監査人は手足を縛られて、その判断しかない判断をさせられたのだ。

この問題は何か変なのだよ。議論に参加している人たちのほとんどが、『会計不正』と自分たちがいっている内容を全くといってよいほど理解していない。仮に問題があったとしても、六〇〇億円の公表利益が一二〇億円多いだけだ。役員報酬が利益スライドの成功報酬制度になっているので、多く貰ったかもしれないが、そんな額などたいしたものではない。

この程度の問題が、なぜこれほどの騒ぎになってしまったのか、訳が知りたいね。上場廃止などにはそぐわないのに、上場廃止が当然のように書いている人たちは、何か別のところに意図があるのだろうかね。

それとも誰かに魔法でもかけられてしまっているのだろうか。どうも誰かが魔法をかけたように思ったほうが理解できる状況だ。

月光は、数年前に児玉さんが香港で、サティーのマンディー・ライズと話して外資を導入して、総会屋事件のダメージからの回復を果たした。その時に蒔《ま》かれたサティーの種が、毎朝の川路さんがいっていたように、加山前監査役などの蠢《うごめ》きで芽吹いたのかもしれない。

ある意味では、いつかは芽吹くべく埋め込まれていた種が今回芽を出したと、いったほうが正しいかもしれない。問題を大きく見せるために、多くの人が理解できない連結除外だの、EB債の発行日改竄だの、デリバの不当評価益だのと、『会計不正』をいい立てて、役所を駆り立てたのだろう。役所はいま、会計不正が大好きだからね。

月光は別の何かを隠したいから、当局と取引して、こんな問題を仰々しく認めたのかもしれないね。

離れて資料だけを検討していると、見えないものが見えてくる。隠れている意思が見え見えになってくる。証券のことだから、隠したいことはいろいろあるだろう。当局と取引したそれが何なのか。若干関心はあるが、知るとがっかりするようなことかもしれない。

まあ、こんなことはどこでもあることだがね。

勝君が巻き込まれたのは気の毒だが、騒ぐだけ騒いで、サティーが目的を達成すれば、あの騒ぎは何だったのだろうと思うほどに、問題は消えてしまうよ。

会計監査などもうしたくないといっている勝君を、神様が『勝をもっと鍛えといてやろう』と思し召したのかもしれないね。当局はそのお手伝いをさせられているのさ。

それにしてもこれで、わが国の大証券会社が一つ米国に買われてしまうことになる。ABCの時はうまいこと逃れられたのになあ」

大山健一郎がニコニコしながら後を引き継いだ。

「石黒君にはぜひ月光証券スキャンダルの読み物をものにしてもらいたいね。それにいま感じたのだが、石黒君はソブリン融資論もすごいが、マスコミ論はもっとすごいよ。この問題をぜひたくさん発言してほしいと思ったね。

月光証券のこの件の本質は、この問題を研究し尽くした石黒君がいったようなことなのだろうね。

それにしても、加山前監査役のような行為は会社法上許されるのかねえ。月光は訴えたりしないだろうから、しゃべり勝ちになるのだろうかね。月光のことは、いずれは外資の会社になる定めだったようだが、その過程で加山某に板の間稼ぎをされたのだ。癪だね」

参加者は皆、それを聞いて何度もうなずいていた。

いつものように、脳外科医の西本が、

「少し早いが、勝君のご苦労さん会を始めるか。今日はまず、シャンペンで行こうや」

といって襖を開け、手を叩いた。

最後の夜回り

平成一九年四月、勝が家に帰ると、毎朝の川路記者から電話が来た。

「夜回りが来ているでしょう。テレビも来たかもしれませんね。他社は内容も理解できないで右を見ながら、左を見ながら、てにをはを変えただけの記事を会計不正と銘打って書いていますね。うちはしませんよ。できるだけこの件を書かないようにもしています。

そうそう、どうやら東証は、月光を上場廃止にはしないと決めたようです。仮に不正があったとしても、六〇〇億の利益を七〇〇億にしただけです。重要性はそんなにありません。東証は立派なものです。信念がありますね。

ああそれに、やっぱりサティーが動き始めたようです。われわれ皆が出来試合に乗せられたのかもしれません。いつものことで証拠は上がりませんが、政治も役所も一味同心かもしれませんね」

川路はいろいろと教えてくれる。今回も東証のことを知らせてきたのだろう。

それにしても、確かに毎朝新聞は月光証券問題を軽くしか扱っていない。他社では川路のような能力のある記者はどこへ行ってしまったのだろうと、勝は思った。

その夜、また夜回りが来た。毎産新聞の若い記者であった。毎産が来たのはこの件では初めてであった。勝はすでにビールを飲んでいたがそれでも、懇切丁寧に考えを説明した。

そして終わりに、

「あなた方が『会計不正、会計不正』と書きたてるから、かわいそうにセントラルは死にそうです」

といったら、その若者は、

「すみません」

と小声でいって、帰っていった。

これで、川路の毎朝以外大手の新聞は全部夜回りに来た。室内飼いの犬、ゴールデンレトリバーのムサシは夜の訪問者を見て怒ったり、尻尾を振ったりと忙しいことであった。

巨大外資による吸収合併

平成一八年一二月も押し迫ったころ、月光証券はマスコミに叩かれ追い込まれ、ついに児玉会長、村田社長が辞任した。

すると、「月光証券会計不正」と名付けられたスキャンダルは、風向きが変わり、新聞の論調は会計監査人セントラルの責任を問う議論へ向かった。非難は激しいものであった。

そんな中で、勝にも金融庁の審問があり、何人もの新聞記者の夜回りや、テレビ記者の朝駆けが来てあわただしく三カ月が過ぎた。相変わらずセントラルからは何もいってこない。勝はその間ずっと、辞任した児玉元会長が発行日の件で自分たちを騙したのだろうかと、すっきりしない気分でいた。

こんな状態の勝のところへ、平成一九年四月、思いもかけず児玉元会長から電話が来た。

「定年でセントラルを離れられた勝さんまでを巻き込んでしまったようで申し訳無い。少しお時間をいただけないか」

とのことであった。

勝も、「あの児玉さんが、発行日の件では自分たちを本当に騙したのだろうか」と、心中で思いあぐねていたので了解した。

そして、場所はと考えて、次男が開設した京橋の医療クリニック内の勝の事務所で会うことにした。ホテルなどで会おうものなら、二人を知るマスコミ関係者に見られるかもしれないと考えたのである。

「会計士さんなど全く関係が無いのに、いまや中心的な役割を果たしたかのように書かれて、非難の対象にしてしまい誠に申し訳ありません。

それに発行日のことで勝さんたちを騙してしまったようになっており、私としては心苦しい限りです。

この件は、一〇〇％の子会社同士での取引であったので、証券会社の常で、手続きが杜撰になってしまったのです。

監視委員会には徹底的に抗弁しようと考えたのですが、実は加山前監査役が某テレビプロデューサーに持ち込んだ取締役会資料に、いささか気になる文章が含まれていまして、それに当局が関心を持ってしまい、当局と取引せざるをえなかったのです。『VC条項』も知らない検査官が、連結から外し、EB債の発行日を改竄したのはけしからんといって振り上げた拳に、殴られることを認めざるをえなかったのです。

その結果、会計監査人へ矛先が向いてしまいました。『連結しろ』『発行日の改竄はけしからん』との国家命令と争った場合には、この〝関心を持たれてしまった事項〟が表面化して、大きなリスクに発展するかもしれないと判断したのです。会社を守る観点から、命令を受け入れることに決心したのです。

連結問題だけだったら、最後まで争いましたよ。『VC条項』は当局が作らせたルールなのですからね」

「セントラル監査法人はムトーボウをしでかしたばかりですので、今回の『月光証券会計不正』問題は、『またセントラルだ』とマスコミのよい餌食にされています。

セントラルからは何も連絡がありませんが、法人内は大変に動揺していることでしょう。

私のところへも随分とマスコミの夜回りが来ました。若く、本当に何も知らない記者たちで、連結の範囲については、『VC条項』という当局の決めた制度会計のルールがあり、連結除外できるのだと話すと、『へえ！』といって帰って行きます。

金融庁にも同じように話しました。

児玉さんよりは若いのですが私も歳をとってきて、人生で起こることに無駄なことはないと考えるようになっています。今回のことは少なくとも精神への適度な刺激になっていると、妻と話しています。

児玉さんが意図的に私どもを騙したのではないことは、話を伺って了解しました。気が晴れましたよ」

勝が晴れやかな顔になっていった。

勝が自慢のコーヒーメーカーでいれたコーヒーを児玉は、

「おいしい。どこの機械ですか」

と尋ねて飲み干し、

「ご迷惑をおかけして」

といって頭を下げた。

そして、ここは近いからと歩いて帰って行った。

平成一九年一〇月、すでに月光証券の株式六八%を、先のＴＯＢで保有していたサティーの在日子会社が、残る三二%の月光証券株式も株式交換により取得し、いわゆる三角合併（注72）をする旨が発表された。

これで月光証券は、サティーの一〇〇%子会社に吸収されて消滅することが決まった。ウォール街の望みがまた一つ成就したのである。

エピローグ

北九州銀行破綻

小さく報じられたセントラルの解散記事を読みながら勝は、あの大騒ぎになった数々の事件は何だったのかと考えざるをえなかった。

そして勝は、いまも監査人に対する訴訟が続いている、北九州の地銀が破綻した時のことを思い出した。

＊　＊　＊

平成一五年一一月のことであった。勝のところへ久し振りに、金融庁監督局の龍岡久雄から電話がかかってきた。

「勝さん、ご無沙汰しています。お変わりありませんか。ところで、お宅はいま、北九州銀行の件で大変なようですね。私も同様にその件で、まともな時間に帰れない生活をしています。いまなどは、局長室にこもり、『預金保険法』一〇二条（注73）一項の一号処置が発動された際の、総理大臣談話の原稿を作っています。

無理を重ねて、延ばし、延ばしをして来ましたがもう限界ですね。この原稿を書いていて、急に勝さんの声が聞きたくなって、変な電話をしています。心からご自愛をです。それでは、また」

本当に変な電話であった。

その三カ月前の平成一五年八月下旬。北九州銀行の会計監査上の問題が緊急性を帯びたことを受けて、勝は、対策チームの顧問になってほしいと急にいわれた。

勝が長く銀行業監査を経験してきていたので、降って来た役割であった。勝にとって北九州銀行は、名前ぐらいを知っている程度の銀行であった。

それからの三カ月間は、夜も昼も定まった休日も無い日の連続であった。対策チームが洗い出した過去の会計監査の状況の説明を聞き、同時進行で進んでいる北九州銀行への金融庁検査局の立ち入り検査の経過をモニターしながら、勝はこの九月中間期の繰延税金資産の計上をどうするかを考え続けた。

監査担当チームは必死に、貸倒引当金の十分性、繰延税金資産の計上が認められるか否かを検討し続けた。

優秀との評価の高いメンバーを揃えた対策チーム担当者たちも、監査担当チームを全力でサポートした。

会計士たちは何とか銀行が立ち行く道はないものかと、会計上認め得る方法はないかと、ともすれば銀行経営者の側に荷担しそうになる気持ちを必死に抑えながら、検討を続けた。

勝は、この銀行で繰延税金資産を計上することの会計としての不自然さを感じながらも、何も意見をいわずに、これらの検証作業を眺め、説明を聞いていた。

金融庁から、検査結果の内容が銀行へ内示で伝えられた。銀行主計部は、この検査結果を反映させた中間期の数字を確定すべく、全力の作業を開始した。

監査チームは並行してその過程を検証し続けた。作業が進むに従い、計上を予定している二〇〇〇億円近い繰延税金資産を考慮しても、純資産は一〇〇億円を下回り、自己資本は一%を大きく割り込みそうなことが明らかになった。作業は数値の保証を取る作業で三昼夜かかった。

検査結果の正式な至達が金融庁から来た。至達内容は公表されない建前だが、その検査結果は翌日の朝刊に大きく掲載された。情報の出所は明らかでないが、最近ではいつものことであった。

そして、検査結果を織り込んだ九月中間期の数字を、会計監査人と摺り合わせてすぐに出すようにと求める、『銀行法』の「二四条報告」（注74）徴求が銀行に来た。法律の規定上、会計監査人は「二四条報告」に意見をいう定めにはなっていない。

中間財務諸表に関する監査意見は一二月末に出せばよい。

しかし、それまで当局が北九州銀行への対応を先延ばしすることは、マーケットの状況から判断してできることではなかった。

そこで、制度上は本来、事が起こってしまった後で監査人意見をいえる建前であったが、当局は監査人に意見を早くいうことを強いたのである。

金融庁は意見をいう責任のない会計監査人に、意見をいうことを強要したのである。

つまり当局は逃げてしまい、監査法人に破綻認定のトリガー（引き金）を引かせようとしたのだ。

金融庁は監査法人を管理監督する主務官庁である。監査法人が金融庁の意思に逆らうことは、まずは不可能である。

勝は、

「監査法人はかわいそうなもんだ」

とつくづく思った。

いわれなき非難

監査チームはこの状況から判断し、繰延税金資産の計上は一年分しか認められないとの結論に至った。

五年分の繰延税金資産の計上でかろうじて、資産超過の状況であったので、一年分のみの繰延税金資産の計上では、一〇〇〇億円に近い債務超過になる。債務超過では結果的に繰延税金資産の計上は認められないことになる。

監査責任者の森修一郎は、「繰延税金資産の計上は認められない」との意見提出を提案し、監査法人審議会は当然のことと承認した。

翌朝森は、北九州銀行へその旨を伝えに赴いた。つらい会見であった。銀行頭取らには、判断理由を記載した文書を受け取ってもらえなかった。森は罵倒に近いたくさんのことを頭取たちからいわれた。

最後の最後まで、銀行の立ち行く道が無いかと探し、検討を重ねた森の気持ちも知らないで、よくもそんなことをいえたものという内容のことであった。

銀行は会計監査人の意見に関係なく、目一杯の繰延税金資産を計上した決算案で「二四条報告」を提出しようとした。だが、本店のある市のＪＲ駅前のホテルにはすでに、一七名の銀行検査官が派遣されて来ていて、彼らが「二四条報告」の内容をすぐに検証するために入検すると伝えられて断念した。

検査結果を取り込んだ、多額の債務超過を示す「二四条報告」が北九州銀行から提出された。政府は金融危機対応会議を開き、北九州銀行の破綻を決定した。

新聞は、「監査法人豹変」と会計監査人への非難一色になり書きたてた。

当局は嵐の外で平穏を装い、われ関せずであった。

金融再生委員会も、日銀も、そして金融庁も、銀行主計部経由で監査人と会話し続けてきたのにである。

そんな中で、森が声を上げることもなく、非難に耐えて、毅然と立っていた姿を、勝は忘れることができない。

ここに至る過程で金融庁サイドからは、対策チームメンバーに過去の個人的関係のルートを通して、正規のものでない様々な言葉が流れて来ていた。

「『預金保険法』一〇二条『第一号措置』になるように諦めずに頑張れと伝えろ」

「監査人が九月の繰延税金資産計上を認めたら即、検査局は強力な人員を投入して、その状況を検証しひっくり返すから、そのつもりでやれ」

「大臣は『三号』にすることに決定している」

「大臣がまだ監査法人は悩んでいるのかといっている」

などとである。

前述の金融庁監督局・龍岡からの電話も、そのころのことであった。

監査法人はこれら様々な圧力に耐え、正しく判断をした。この判断しかありえなかったであろう。

この経過を見ていた勝は、当局検査のある業種では、公認会計士監査を止めることにしたほうがよいと、真剣に考えるようになった。


「会計士監査などやってられない」


この北九州の地銀破綻の件でも、また、決着はしたが月光証券会計不正スキャンダルの風説によっても、セントラルは随分と痛めつけられた。

当局もマスコミも、事が起こると監査人のみを悪者にする。叩きまくり、その非難が見当外れであったことが明らかになったころになると、われ関せずとだんまりを決め込み、それで済ませてしまう。

そんな中で、セントラル監査法人は非難の嵐の中、抗弁もできず黙って立っていざるをえなかった。
監査スタッフは、この状況に精神的に参ってしまい、次々と監査法人を去って行った。
そして、監査法人は働き手を失い、解散を余儀なくされてしまった。

いつものことだが月光証券の件でも金融庁は、会計監査人であった者たちへ、「責任を問わず」という審問結果の通知すらもしてこなかった。あれだけ責任追及を叫んでいたマスコミも、うやむやにしたまま、そのことをきちんと報道しなかった。

勝が尊敬し愛顧を願ってきた当局は、いまやゲーテのファウスト博士（注75）になってしまったかのようである。

口では、会計士監査の重要性を声高にいって、試験制度を手直しして、会計士の人数をいまの五倍にも増やすと宣言していながら、一方では、現在監査に従事している会計士たちを大事にせず、保護する気などサラサラなく、小さな傷をも探し回って叩きまくり、士気をおとしめ続けている。

日本的な会計慣行は全て悪いとして、会計基準の欧米化に励んでいる。そして、下心いっぱいの米国会計法人の攻勢から、まだまだひ弱な日系会計事務所を守ろうともしてくれない。

このファウスト博士の後裔は、会計業務が国益に深くかかわる業務であることに思いが全く至らず、海外に媚び続けている。

会計士試験の受験者が思ったように増えないのは当然である。当局の言を信じて、一生懸命に勉強をして会計士になっても、いつ業務で当局に裏切られ、梯子《はしご》を外されてしまうかわかったものではない。こんな理不尽な不安がいっぱいな職業に、若い世代が魅力を感じるであろうか。

＊　＊　＊

四〇年近く監査業務に打ち込んできた勝の心を、セントラル時代からの様々な出来事が駆け巡った。結局、抗しようのない巨大な力に翻弄されただけだったのか。やるせない思いが心の底から湧き上がってきた。

「昨今ではもう、会計士監査などやってられない」

と、勝はつくづく思った。

と同時に、

「でも、そんなことではならない」

と語りかける自分がいることにも気付いていた。

注

1 セントラル監査法人

この物語の中心になる、下記のような設定の架空の監査法人。日本の四大監査法人のうちの一つ。昭和四〇年の山陽特殊製鋼倒産事件など大型会計粉飾事件の多発を契機に監査法人制度ができた時代に、わが国で二番目の監査法人として設立された。設立当時としては規模が大きかった一二の個人会計事務所が、昭和四三年一二月に合併してできた。

2 評議員会

株式会社の取締役会に当たる監査法人の意思決定機関。株式会社の株主総会に当たる機関として、社員総会（パートナー総会）がある。

3 簿外債務

会社の債務だが、貸借対照表に計上されていない債務。

4 パートナー

監査法人の出資者で、監査証明を行うことができる者。監査法人はこのパートナーとその補助者である従業員のスタッフ（職員）で構成されている。パートナーは、一定年限業務を行った公認会計士の中から選抜される。「社員」と呼称されることもある。

5　会計士監査
本書のタイトルは『会計監査』となっているが、その会計監査を、公認会計士が一般に認められた「監査基準」などのルールに基づいて行っている場合、特に「会計士監査」という。

6　『新訂版　会計監査詳説』
日下部與市『新訂版　会計監査詳説』(中央経済社、一九六五年)

7　ストック・オプション
会社から与えられる、あらかじめ定められている価格で自社株式を購入できる権利。

8　P・P・O
Public Prosecutor's Office の略称。検察庁のこと。

9　バーク型帆船
三本マストの帆船で、前二本のマストには横帆を張り、後ろの一本には縦帆を張る帆船。大きさは一〇〇〇総トン前後。

10　ソブリン融資
海外の国家など公的機関への融資。

11　ODA
Official Development Assistance の略称。政府が行う発展途上国への開発援助。

12　**中村天風《てんぷう》**
明治九年生まれ。戦前、戦後に人々に人生哲学で影響を与えた思想家。各界の指導者が心酔した。

13　**株配**
株式の配当を現金ではなく、新株式を発行してその株式で行う配当。資金が会社から流出しない。

14　**自己資本比率も八％**
バーゼル銀行監督委員会の基準で、国際業務を行う銀行には八％以上の自己資本を有することが求められている。

15　**資産査定**
債務者を財務状態でランク分けすること。正常先、要注意先（要管理先とその他の要注意先に分割される）、破綻懸念先、実質破綻先、破綻先に区分される。その区分ごとに貸倒実績率を算出し、貸倒引当金を計上する制度になっている。

16　**続く話**
本文では割愛されているが、高井教授は次のように説明した。

「実践としての職業倫理が根付かなかったのだ。しかし、もうそんなことは許されなくなった。その発端は、米国においてエンロン事件が起こり、アーサー・アンダーセン会計法人が崩壊して、会計プロフェッショナリズムの喪失がクローズアップされてきたことだ。

サーベンス・オックスレイ法（SOX法）が成立し、公開会社についてはPCAOB（公開会社会計監視委員会）が直接に検査をする制度がスタートした。もう、会計士の自主規制による職業倫理は信用できないと考えたのだ。

米国公認会計士協会の『職業行為規程』に、これは訳を覚えてしまったのだが、『会員は、公共の利益に奉仕し、社会の人々によって託された責任を履行し、かつ、プロフェッショナリズムを堅持していることを自ら立証する方法で行動する義務を負わなければならない』とあるが、近年には、このプロフェッショナリズムの衰退の傾向が著しいというのだ。ニューヨーク証券取引所理事長であった人がいみじくも次のように表現している。『公開会社に対する会計業務は、従来、ビジネスという含みを持ったプロフェッションであったが、それがプロフェッショナルという含みを持ったビジネスになってしまった』、つまり、公共の利益の保護者よりも経営陣における最大利益獲得のための戦略アドバイザーに変貌し、クライアントとの関係保持が最も大事な業務モットーになってしまっているというのだ。

独立性はどんどん侵食されてきてしまった。この営業大事の認識が定着してしまった。そしてこの考えがわが国にも入ってきて、広く受け入れられてしまった。日本は別と考えることはもう不可能だよ。

それならこれからどうすればよいかということだ。プロフェッショナリズムの再確認のために、まず、プロフェッションとしての正当な経済的利益を確保する際の判断基準となる倫理基準を持つこと、次に、プロフェッションの業務の品質を確保する際の倫理および技術的な基準を持つこと、もう一つは、米国にある『職業行為規程』のようなものをわが国にも作り、社会統制のシステムに役立つものとして、プロフェッションの会員の義務をプロフェッション外部の人に向けて説明できるものにすること、が必要だということだろう。

まず手始めに、会計基準の適用方法に対するコンサルティングにかかわる競争行為を制限することから始めるのだろうね。そして、同時に、監査基準の新しい精神に基づき、不正の摘発、発見ができなかったといういままでのミスを認めて、改善のための措置を講ずることだ。また、最近はわが国でもいわれるようになったが、経営者の誠実性に関してそれを判断するのは会計士業務の対象外という考えを捨て、経営者には不正を働く意図があると想定して、裁量が利く会計処理が発見できるような監査を行わなくてはならなくなったことに合意することだ。

これは、経営者が行う不正のリスクを評価することとは違い、経営者とは不正を働く意図を持っていると仮定した場合に、不正の温床となりうるような裁量が利く箇所を分析するということだと説明されているね。

まず経営者を信じることから出発する勝君の思想とは、本質的に全く異なる考えだ。毎朝新聞の川路記者だったかな、彼がいっていたという、

『勝さんの時代は終わりましたね』

なのかもしれないね」

17 **コンティンジェンシー・プラン**
危機に遭遇した際の行動計画としてあらかじめ策定したもの。

18 **J-SOX業務**
日本型内部統制評価のこと。企業内に構築される内部統制の評価を行うことを内部統制評価といっている。わが国では、まず経営者がこの評価を行い、その評価結果を「内部統制報告書」として作成する。監査人は、経営者が作成した「内部統制報告書」が、一般に公正妥当と認められる内部統制基準に準拠して、適正に作成されているかどうかについて意見表明を行う。一方、米国では、監査人が直接に内部統制の状況を監査して、その結果を直接に報告することになっている。米国において、エンロン事件後に、内部統制の重要性がクローズアップされて開始された業務である。それがわが国にも導入された。

19 **『米国の環境主義』**
Roderic Frazier Nash (1989) *American Environmentalism*, McGraw-Hil.

20 **ゾンビ企業**
実態は債務超過だが、銀行の追貸しで延命している企業。

21 **りせの銀行**
当局の要求することに何でも応じていて、破綻させられてしまった大手銀行。

22　**一般検査**
金融庁検査局が定期的に行う銀行業務全般に関する検査。

23　**『銀行検査マニュアル』**
銀行検査官が検査に際して用いる判断基準などを記したマニュアル。個々の検査官の判断に差が生じないようにするために作成したとされている。

24　**特別検査**
金融庁検査局が臨時に行う検査で、大口貸出先の状況のみの検査を目的としているとされている。

25　**パブリック・コメント**
公共機関が規則等制定の際に、その内容を公衆にあらかじめ開示して、意見を求める制度。

26　**コンプライアンス**
法令遵守と訳されている。諸法令を遵守して業務執行すること。

27　**意見交換会を開催する制度**
金融庁検査局の検査に際して、検査対象銀行について検査官と担当公認会計士が、理解、情報を摺り合わせるなどを目的として意見を交わすことが制度として定められている。

28　**『預金保険法』一〇二条**
一〇二条は、わが国または当該金融機関が業務を行っている地域の信用秩序の維持に極めて重大な支障が生ずる恐れがあると認められる時には、次の三つの措置を講ずることになると定めている。

一つ目が『第一号措置』といわれているもので、破綻または債務超過でない場合に適用される。当該銀行が資本増強の申込みを行い、会社は継続し、この物語にりせの銀行として出てくるケースがこの事例だが、株式上場も維持される。株主は無配ということで責任を取る。経営陣は金融再生プログラムなどに基づき責任を取らされる。りせの銀行の場合には、旧経営陣は退陣している。

二つ目が『第二号措置』といわれるもので、破綻または債務超過である場合に適用される。銀行は破綻処理され、預金を全額保護するために資金援助がされるが、銀行は二年後にブリッジバンク経由で売却処理される。株主は株式価値が無価値になることで責任を取る。経営陣は法律に基づき責任が追及される。

三つ目が『第三号措置』といわれるもので、銀行が破綻で、かつ債務超過である場合に適用される。銀行には特別危機管理開始決定がされる。会社は継続するが、既存株式は預金保険機構がゼロ円で取得し、後に引継ぎ銀行へその株式を売却する。このように株主は、株式が無価値になるということで責任を取る。経営陣は法律に基づく責任追及がされる。再建を果たし、数年前に株式を再公開したと、この物語の中で語られている新開銀行の旧会社のケースがほぼこのケースに当たる。

29 **債務者区分**

資産査定を行い、債務者を財務の状況により、正常先、要注意先、破綻懸念先、実質破綻先、破綻先の五区分にランク分けすること。この区分に基づき貸倒引当金が計上される。

30 **繰延税金資産**

課税所得計算上有税となったが、将来無税に転換する支出の法人税等の税金部分を、前払税金と考えて、資産として認識し、資産に計上したもの。その額だけ当期の法人税等が少なくなり、利益が多くなる。

31 **税効果会計**

企業会計上の収益・費用と課税所得計算上の益金・損金の認識時点は異なることが多い。その相違などを調整して、税引前当期純利益と法人税等を合理的に対応させる会計手法。繰延税金資産勘定は、この調整のために計上される。

32 **公認会計士・監査審査会**

金融庁内の機関。公認会計士の実施した監査の審査を主に行う。

33 **監査法人審議会**

パートナーの意見表明内容の妥当性を審査する監査法人内の機関。

34 **貸借対照表の簿外とする処理**

例えば、貸出金を外部へ売却するなどのように、会計上認められている方法で、貸借対照表に計上されている金額を引き落とすこと。

35　**その損失発生の可能性**
資産の売却を急げば買い叩かれて売値が安くなり、損失が発生する可能性が大きくなること。この確実度により、売却未済でも損失を認識する必要がある。

36　**英国のフィナンシャルタイムズ**
世界的に高名な英国の経済専門新聞。

37　**天道は是《ぜ》**
『史記』にある言葉で、「天道は是か非か」の前半部分。天というものは本当に正しいものなのかの意味。

38　**人日**
仕事の作業量を示す単位の一つ。例えば、一四人が一〇〇日間作業に従事したとすると、一四人×一〇〇日で一四〇〇人日の作業量となる。

39　**監査品質レビュー**
日本公認会計士協会が、自主規制として、会員の公認会計士などが監査業務をルールを遵守して実施しているかを検証する制度。

40　**『日米通貨交渉』**
滝田洋一著、鹿島平和研究所編『日米通貨交渉』（日本経済新聞社、二〇〇六年）

41 高井の『自由市場原理』の講義が続いた

本文では割愛されているが、高井琢磨教授は次のような自説を展開したことになっている。

「これまでの社会生活は、社会的な秩序を維持することを最重要とする考えから、それに必要な様々な制約を受けてきた。経済生活は、社会的市場で、つまりこの市場は社会に根ざし、多くの規制や制約から逃れられない市場のことだが、その市場で行われてきた。英国で一九世紀に初めて、自由市場を作る実験が行われたのだが、その目標としたのは、こうした社会的市場を破壊し、社会的な必要事項とは独立に働く、規制のない市場に置き換えることだった。労働にかかわるいろいろな保護制度もその時に廃止されている。

これに似た社会改変を現代において目指しているのが、WTO、IMF、OECDだよ。これら機関を指導、監督しているのが、世界最大の原理主義思想体制、英国流の古典好み的にいうと啓蒙主義思想体制である米国だ。この考えでは、過去に存在した多様な伝統や文化が、理性のうえに築かれた新しい、普遍的な社会に取って代わられるというのだ。米国によると、この普遍的社会が米国文明ということになる。『ワシントン・コンセンサス』すなわち『世界の政治的首都であるワシントンで形成される米国主導の合意』によれば、グローバル自由市場が現実になるであろうと考えているのだ。

この哲学に動かされているIMFなどの国際機関は、世界中に、すなわちメキシコに、東アジアの国々に、南米の国々の社会経済生活に、それぞれの地域の文化に、一顧の考慮さえ払うことなく、自由市場を押し付けてきた。

　ＩＭＦは設立されたころはそうではなかったよ。でも、Ｊ・Ｅ・スティグリッツが書いているように、ＩＭＦはすっかり変わってしまった。世界の多様な経済を最終的に、米国の指揮する単一のグローバル自由市場に統一することを目指す政策を、押し付け続けている。これは決して実現することのできないユートピアで、これを追い求めて、そのための政策の採用を強制すると、大規模な社会的な混乱が起こり、経済的、政治的不安定へ続いていくことになるね。

　ご本尊の米国においてもいま、この自由市場がほかに例のない規模での社会的崩壊の原因になっている。どの国より家族が弱体化しているし、大勢の人が監獄に収容されている。この監獄が、自由市場、家庭、コミュニティーの荒廃、そしていまの社会のこれ以上の崩壊を防ぐ最後の砦になっている。

　だがいまのところは、米国ではこの自由市場への支持は弱まりそうにない。為政者たちは、社会が二極化して荒廃することがあっても、そのうちに優位にある者から劣位にある者への利益の循環が生じる、これを『トリクル・ダウン』効果というのだが、それが効いてきて、下層の人々の所得も上昇すると、公言している。でも、その効果は現れそうにない。米国の多くの人たちは、自分が置かれたこの状況に目をやらず、米国的啓蒙主義を信仰のように、崇め奉り、賛美して、自分もそれを推進する使徒の一人であると陶酔しているようだ。アメリカン・ドリームだね。米国では啓蒙思想的企てと自由市場が、ますます決定的に結び合わさっている。

自由市場主義政府は、その政策のモデルをレッセフェール時代に求めていた。『レッセフェール』なんて、学生時代を思い出す懐かしい言葉でしょう。政府が経済活動に干渉しないことを公言したが、実際には無理に作り出した体制であったので、機能させるためにあらゆる点で政府の力に依存せざるをえなかった。それでも結果的に、自由市場は、所得、富、職の有無や生活の質などの面で新たな大きな不平等を助長してしまい、個人の自由を含め、人々の欲求を満たすことができなかった。

われわれの時代のグローバル自由市場の辿る運命もこれと違わないと思うよ。こんな自由市場を米国が日本に押し付けてきている。小沼さんの政権は唯々諾々とそれを受け入れ、『改革』と称している。この自由市場に日本は周年遅れで邁進しているのだ。今後、先発国で起こった事象がわが国を襲うだろう。所得において割と平等であったわが国が、大きな不平等のある社会に変身してしまうだろう。

自由市場の理論的な解釈を聞いてもらったが、それではなぜ、自由市場では一部の人にのみ富が集まり、その他の人たちは窮乏化していくのだろうか。日本では最近、長かったバブル不況から回復し、景気がよくなってきたといわれている。この景気がよくなったとはどういうことかを話して、なぜに富すなわち所得が偏在し始めたのかについての考えを述べさせてもらうよ。

日本の製造業では、前世紀末にリストラを徹底して行ったよね。その結果として損益分岐点を引き下げ、海外市場で製品の競争力を有するようになった。それが米中への輸出を進める原動力となったんだよ。つまり外需頼みの景気回復だったんだ。リストラは外需をわが国の需要へと誘導する役割を果たした。これには今世紀に入ってから財務省が、約五〇兆円といわれている巨額のドル買い介入を行ったことの効果も大きい。それにより、当時円高に振れそうであった為替相場をドル高に誘導したのだ。しかも中国の元相場はドルにペッグ（固定）されているから、円高を阻止したことは同時に、中国への輸出を安定させることにもなった。

このようにして起こった景気回復が報じられだしてからも、『実感がない』という感想を国民の多くが持っているよね。その原因としては、次の四つのことがあると思う。

まず一つ目は、『企業収益は大幅な増加を続けているにもかかわらず、雇用者所得はいまだに下げ止まった段階に留まっている』という現象にある。企業側に『根強い人件費抑制姿勢』があるせいで、その圧力自体は景気が回復しても弱まっていない。一部の企業では高収益にもかかわらず賃金が抑えられ、その一方で労働の強度は過酷さを増しているらしい。

二つ目は、企業として成長の恩恵を被っているものが大企業の一部でしかない可能性があることだ。実際、新聞にあるように、『景気は、設備投資と輸出に支えられ、着実な回復を続けている』とすれば、恩恵は輸出や資本財生産にかかる企業、特に一部の大企業に偏っており、中小企業にはさほど波及していないことになる。大企業と中小企業の景況感の格差は、普通は景気回復期に広がるのが一般的だ。中小企業の景況感は、大企業を下回ってしか改善されないからだ。

三つ目は、地域により景気回復のテンポに差があることだ。有効求人倍率で見ると、東京周辺などの最大の地域の値が大きく上昇する一方、東北や九州などの最小の地域の値は緩やかにしか上昇しておらず、地域差が拡大している。鹿児島の友人から聞いたのだが、事務の女性を一名募集したら、応募者が三〇人も来たそうだ。政府の『都市再生』政策は、地域間の格差が広がってもよいとする発想だ。そのために、都市のビジネスチャンスを広げるために、ビル容積率をほぼ青天井に緩和するという政策までが採られてきた。一方で、地方には政策的配慮が行かず、昔栄えた駅前商店街では、シャッターを下ろしたままの地域がどんどん増えてきている。

四つ目は、人件費抑制推進のために、企業が非正規雇用を拡大していることだ。これは影響が大きい。非正規雇用では、賃金は正規雇用よりはるかに低く抑えることができる。企業経営が株価で評価されると、短期的に収益を上げることが必要になる。それには社会保険料などの負担が大きい正規雇用をなるべく減らし、景気回復期にも非正規雇用だけを増やしておくのが企業にとって合理的な選択となる。

総務省の統計によると、非正規雇用は急増してきており、若年のフリーターとその予備軍の合計は、四〇〇万人を超えているとのことだ。当然に、正規社員と非正規社員の待遇の差は歴然としている。企業はおおむね経費節約のために正規社員を非正規社員に置き換えているといえる。

こうして、景気が回復し始めて、所得の格差が生じたと考えている。ここで問題になるのは、大企業と中小企業、都市と地方、正規社員と非正規社員の間で、関係がなだらかに続いているか否かなのだ。もし『格差』があっても、従来通りに、前者と後者が結びついているのであれば、景気回復の第一段階では大企業や都市、正規社員だけが恩恵を受けるのだとしても、次第にその影響は中小企業や地方、非正規社員に波及していくはずだ。それがさっきいった『トリクル・ダウン』効果といわれるものだ。

米国の場合、レーガン政権以来、結果はそうはならなかったと思うが、新自由主義はこの理屈を用いて格差の拡大を肯定してきた。ところが日本では、中国などとの経済関係の濃密化すなわちグローバリゼーションによって、企業間の取引とりわけ大企業が行う対企業取引は、従来向かっていた地方や中小企業よりも海外に向けられてしまった。中小企業や地方経済は、大企業や都市の下請け的な立場や長期的な関係を考慮した取引を行うという慣行を維持できなくなり、それゆえ大企業で輸出が増えても効果は波及しなくなっている。そのうえ、公共投資は減っているだろ。

大企業と中小企業、都市と地方、正規社員と非正規社員の間で、かつてあった絆が断ち切られてしまったのだ。そうして、国内で様々な二極分化が起こったのだよ。構造改革の下で景気がよくなれば、皆が等しくその果実を得ることができるというのは、まやかしであったのだ。構造改革は、理想的に『機会の均等』と『トリクル・ダウン』によって、万人に好景気の恩恵を施すかのように唱えられている。けれども現実には、景気回復は大企業や都市、正規社員に都合よく果実をもたらしたが、それは中小企業の多くや地方のあちこちや、非正規社員の大勢には及びそうにない。経済はいわゆる『分断』されてしまったのだよ。

『負け組』がいつか『勝ち組』になれるよう奮起できる環境が整っているなら、格差は経済、社会の活力を高める。それが『トリクル・ダウン』を生み出すように働いているか否かが、問題なのだよ」

42 **資本係数**
資本額がどれだけの利益を稼いだかを示す諸比率。資本利益率など。

43 **ＧＥ**
General Electric 社名の略称。米国総合電気企業のゼネラル・エレクトリック社。金融業に進出し力を入れている。

44 **金融商品の会計基準**
金融商品を時価で評価することを基本とした会計の体系。

45 **包括主義**
損益計算において総収益と総費用を対比して差額を利益とする考え方。

46 **『経済の恐怖』**
ヴィヴィアンヌ・フォレステル（堀内ゆかり・岩澤雅利訳）『経済の恐怖』（丸山学芸図書、一九九八年）

47 **『エンデの遺言』**
河邑厚徳・グループ現代『エンデの遺言』（ＮＨＫ出版、二〇〇〇年）

48 **『ターボ資本主義』**

エドワード・ルトワク（山岡洋一訳）『ターボ資本主義』（TBSブリタニカ、一九九九年）

49　修正資本主義

原初的には、資本主義体制は必ずしも完全雇用をもたらすものではないので、政府の人為的な有効需要創造の干渉が必要と主張したケインズ革命の考え方の流れによっている。資本主義経済体制を堅持しながら、その弊害を工夫して改良することで、人々の安寧《あんねい》を目指す考え方。

50　CSR

Corporate Social Responsibility の略称。日本語では「企業の社会的責任」と訳されている。企業には、「社会の一員として社会的なルールを守り社会に貢献する責任がある」とする考え。

51　為さざる在るなり

『孟子』にある言葉。「人有不為也。而後可以有為」とあり、「人は、なすべきでないことをわきまえてこそ、なすべきことをやり遂げられる」の意味。

52　一隅を照らす者は国の宝

天台宗の開祖伝教大師《でんぎょうだいし》最澄の言葉「一隅を照らさば、これ則ち国の宝なり」。「日々の生活の中で、社会に役立つように身の回りのほんの一隅でも照らす人は、どんな財宝にも勝る国の宝である」の意味。

53　死して後已《や》む

『論語』にある言葉「死して後已む」。「自分の任務を死ぬまで遂行し続ける」の意味。

54 『伊那谷の老子』
加島祥造『伊那谷の老子』（朝日文庫、二〇〇四年）

55 「私の大切にしたいのは～静かに死んでゆく。」
右『伊那谷の老子』二一七ページ。

56 『鼠』
城山三郎著の小説。昭和金融恐慌時に破産した、大商社鈴木商店の番頭金子直吉を主人公にしている。

57 CFO
Chief Financial Officer の略称。最高財務責任者のこと。一般株式会社の経理担当役員のことと考えてよい。

58 『VC条項』
『連結財務諸表規則』第5条第1項には、「連結財務諸表提出会社は、その全ての子会社を連結の範囲に含めなければならない」と連結の大原則を規定している。しかし、それに関しては例外が幾つか追加されており、その一つが同項第1号の「財務及び営業又は事業の方針を決定する機関に対する支配が一時的であると認められる子会社」は、連結の範囲に含めないものとするとの規定である。『VC条項』は、日本公認会計士協会が当局と協議し承認を得て、この例外規定の解釈の指針として公表した、監査委員会報告第60号『連結財務諸表における子会社及び関連会社の範囲の決定に関する監査上の取扱い』（平成20年9月廃止）に示されているものである。

そこには、「ベンチャーキャピタルが営業取引として投資育成目的で他の会社の株式を所有している場合には、支配していることに該当する要件を満たすこともあるが、その場合であっても、当該株式所有そのものが営業を達成するためであり、傘下に入れる目的で行われていないことが明らかにされた時には、子会社に該当しないものとして取り扱うことができる」との文言が記されている。

59　**『監査小六法』**
日本公認会計士協会が編纂した監査・会計の規則集。

60　**ＥＢ債**
Exchangeable Bond の略称。ＥＢ債とは、他社株式償還条項付社債・他社株式交換社債といわれているもので、債券の償還の方法の決定を、あらかじめ定められた日において、現金で償還するのではなく、債券の発行者以外の株券で償還することにする条項が付された債券（この方式のものを他社株式償還条項付社債という）や、債券の所有者が当該債券の発行者に対して、当該発行者以外の株券により償還をさせることができる権利が付された債券（これを他社株式交換社債という）のことをいう。この物語の月光証券のケースの場合、上場会社であるドラシステム１００㈱の株式で償還されることになっていた。
このＥＢ債の評価損益の会計処理については、金融商品会計に関する実務指針（日本公認会計士協会会計制度委員会報告第14号）において、時価のある株式と交換されるEB債の場合、債券部分とオプションであるデリバティブ部分は区分処理されて、評価差額は当期の損益として処理することが求められている。

61　**イグジット**
投資計画において、対象資産の売却などをして終了すること。

62　**監査委員会**
委員会設置会社制度を採用した会社の法定の機関で、取締役、執行役の職務執行全般の妥当性を監査することを役目としている。一般株式会社においては、監査役会の機能に当たる。

63　**CEO**
Chief Executive Officer の略称。企業の経営方針を決定する際の経営最高責任者。日本では、一般株式会社の会長や社長がCEOを兼ねることが多い。

64　**経営会議**
会社の経営戦略事項などの協議・決定を行う会議体。

65　**『定年後』**
加藤仁『定年後』（岩波新書、二〇〇七年）

66　**マイクル・クライトン**
Michael Crichton。ベストセラーを多数著述している米国の小説家。

67　**『アンドロメダ病原体』**
マイクル・クライトン（浅倉久志訳）『アンドロメダ病原体』（早川書房、一九七六年）

68　**前監査役**
この物語の中の月光証券は、委員会設置会社なので、〝監査役〟ではなく、〝監査委員〟と呼ぶのが正しいが、〝監査役〟のほうが一般的になじみがあるので、以下では〝監査役〟に統一していうことにする。

69　**監査法人本部の業務支援部**
監査実行部門が遭遇する会計・監査問題の相談窓口。

70　**TOB**
Take Over Bid の略称。会社の経営権の取得などを目的として、不特定かつ多数の者に対して公告により、期間を定め、株券などの買付けまたは売付けの勧誘をし、取引所市場外で株券などの買付けなどを行うこと。

71　**SPC**
Special Purpose Company の略称。株式の所有など限られたことのみを事業目的に特定して設立されたペーパー・カンパニー。

72　**株式交換により取得し、いわゆる三角合併**
三角合併とは、親会社が子会社を通じて別の会社を合併する手法のこと。この物語の中の月光証券のケースでは、米国会社のサティーがその在日子会社を存続会社として、月光証券を吸収合併することになった。月光証券の株主に支払われる合併対価として、外国会社であるサティーの株式が充てられる。この株式による対価の支払いを株式交換という。企業の組織再編での選択肢が広がるとの理由で導入された方法だが、外国からの敵対的買収に利用されることを危惧する意見もある。

73 『預金保険法』一〇二条

前出の(注28)を参照。

74 『銀行法』の「二四条報告」

『銀行法』二四条に基づき求められる財務状況に関する報告のこと。

75 ゲーテのファウスト博士

ゲーテの著作『ファウスト』の主人公。自分の望みの成就のために悪魔に魂を譲渡してしまう。

文庫版あとがき

この物語はタイトルに「小説」とあるようにフィクションです。一昨昨年《さきおととし》出版された単行本をお読みくださった色々な方から、

「ドキュメンタリーでしょう」

とお尋ねを頂きましたが、ドキュメンタリーを書けるほど私は、正確な材料を持っていません。

私は四〇年ほど監査法人で会計監査業務に従事してきました。この時期はわが国での公認会計士業の勃興期、発展期に当たりました。私は、仕事に恵まれ、たくさんの新しい会計監査問題に関係し、それらに深く関わることができました。

その中で、

「どうしてこんなことが起こるのだろう。何故だろう」

と感じる出来事にも多く遭遇しました。これらの「何故」を解明するために、「仮説」を立てて、考えたのがこの物語です。

勝舜一という主人公を作り、実務の中で見聞きして手元のファイルに溜まった材料を、場

面を作りちりばめ、現実の「何故」を理解するために立てた「仮説」の下で、この主人公に考えて、「何故」を求めて行動させました。その行動・思考の過程を文章にしました。

この「仮説」とは、わが国の様々な分野に、「強力な海外からの意思が働いている」というものです。そして、そのかの国で働いたことのあるひとや学んだひとの中には、心を奪われてしまい、「奇妙に国際人ぶって」、その代理人のように動いているひとがいるようだということです。

この「仮説」の下で、勝舜一に行動させた過程を通して、いろいろなことが見えてきたような思いです。私にとってこの「仮説」はいまや、現実に起こっていることを理解するためのフレームワークの根幹を成しています。

いま私は、多分多くのひとたちは当たり前すぎて、口に出しては言わないのでしょうが、この「仮説」の現実がわが国の隅々を支配しているように思っています。この「仮設」を通して見ると、起こっている事象の「何故」が、よく理解できます。

この「仮説」の下で、勝舜一を行動させた結果、一生懸命に隠しておられたことが明らかになってしまい、あわてたひともいらしたようです。そんなひとの存在をあぶりだすことが目的ではなかったので、ご迷惑をおかけしてしまった方には申し訳なく思います。

物事の理解には、仮説を立て、見えないところを推測して、推測結果と目の前の現実とを突き合わせること、検証することが役に立ちます。現実の説明ができず、推測結果がそぐわないなら、仮説が適切でないのです。その場合、新しい仮説が必要になります。その繰り返しで、生じている現象の「何故」を理解することができるようになるのでしょう。

そんな検証の過程を文章化したのがこの物語です。ですから、この物語はフィクションそのものなのです。

さて、物語のエピローグの最終節で、勝舜一は、

「昨今ではもう、会計士監査などやってられない」

と思い、と同時に、

「でもそんなことではならない」

と語りかける自分にも気付いていました。

しかし、現実の会計士業界は一層、迷走を深めているようです。会計士業界について見聞きしていると、本来の職業の存在意義を見失い、漂っているように思われてなりません。

監査法人を辞めて個人事務所を創《はじ》めると、挨拶に来た若い会計士が苦渋をにじませて、次のようなことを言いました。

「昨今の、クライアントから『ありがとう』といわれるようではいけないという監査業務に、疲れました。アドバイスも、サジェスチョンも、したら癒着になるのだそうです。私にはそ

の理由がわかりません。

お客の業務改善、向上に役立ってはいけなくなってしまったのです。お客が欲しくもない批判機能だけの商売になってしまったのです。助言機能があってこそ、『ありがとう』と感謝されるのです。感謝されない商取引など、人間社会で続くはずがありません。このままでは、会計士職業は生き残れませんね。この商売に明日はないのかもと、思ってしまいます。

クライアントとの間には、お互いに不満と敵対感情のみが募っています。いまでは、クライアントは、本当のことは何もしゃべってはくれません。

監査法人は、強圧的な態度で、役所を後ろ盾にして、虎の威を借りたキツネさながらに、内部統制だの、国際会計基準だのと喚《わめ》き散らし、ほとんど会社にとっては必要もない商品を売り付けて、せっせと金集めだけに熱を上げています。

監査現場でスタッフたちは、責任回避のために作られたマニュアル記載の手続きの実施に精一杯で、自分の頭で考える余裕がありません。スタッフはパソコンの画面だけを見ていて、クライアントの担当者の顔も覚えません。クライアントであるお客に役立とうなどという気はさらさらないので、勉強もしません。この状況に疑問を持つ者など、監査法人にはいらないのです。

きっと、そのうちに監査事故がたくさん出てきますよ。もう私はこのような会計監査に、付き合ってはいられません。

小さくても喜んでくださるクライアントと、監査でない分野でやっていきますよ」

この優秀な公認会計士は監査業務から去って行きました。

会計は、経済を通して、国の形、民族の文化に反映します。民族の思考と行動の枠組みとなります。国際社会との関連では、国益と深くかかわっています。ところがいまは、他国の文化に立脚した会計思考のすべてを、是とすることがまかり通っています。日本文化への影響を検討することなく、「奇妙に国際人ぶった」ひとたちが大声に喚き、何が何でもその他国の思考を、実務に導入しようとしています。

こんな現実の中で、公認会計士は会計実務の第一線に立ち、翻弄され続けています。深く思いを致せば悩みの底は知れません。そんな中で、登場させた公認会計士・勝舜一がさまよった有様を、物語に仕立てたのがこの小説であったのです。

この物語をお目に留めて頂き、文庫版として世に出してくださった幻冬舎の方々、ことに竹村優子様に心から感謝申し上げます。

二〇一〇年三月　　細野康弘

解説

坂口孝則

「公認会計士になりたい」

読者のうち、そう考える若き志願者はどれほどいるだろう。私が就職活動をはじめた一九九九年は、各企業が新卒者採用を絞った「就職氷河期」だった。そんなとき、さっさと就職活動を止め、「この資格さえあれば一生安泰だから」と公認会計士資格取得を目指し〈脱落〉していく仲間がたくさんいた。

しかし、資格をとっただけでその後すべてが上手くいくはずもない。その少なからぬ割合は、大手監査法人で処理できぬほどの仕事に翻弄されているか、あるいは開業したものの仕事がなく苦悩の日々を送っている。

そこで、ふと思ったことがあった。子供のころから、私たちは学校で自分の夢というものを書かされた。「社長になりたい」「スポーツ選手になりたい」「芸能人になりたい」。それらの私たちの夢は、たしかに純粋なものだったけれど、学校の先生が教えてくれないことが一つあった。それは、「その夢を果たしてしまったあとに、どうすればよいか」だ。

『小説　会計監査』は勝という主人公を通して会計士業務の実態を描いたものである。本書を読み出すと、いきなり冒頭から、主人公のこんな言葉が飛び込んできた。

〈あるクライアント案件では、毎週のようにその会社の社長と、
「これをなさると、あなたは監獄へ行きます。これを認めると私も監獄へ行くことになるでしょう」
などと、ぎりぎりの協議を続けた。（中略）
それにしても会計士業務は恐ろしい職業になった。職業上のリスクに対する敏感な感覚がないと生き残れない。〉（p8）

本書は会計の基礎を教えるものではない。また、脱税スキームや監査業務入門を述べたものでもない。「恐ろしい」会計士業務をフィクションという形で私たちに提示してくれる、

稀有《けう》なビジネス小説である。「会計士になったあと、どのような現実が待ち構えているか。そして、どのように対処すればよいか」。読者は主人公に感情移入せずにはいられない。ページをめくりはじめたとき、私はすでに筆者の描く世界に魅了されていた。通常の会計本では語られることのなかった、私たちの知らない世界が、たしかにここに広がっている。

本書には実在の企業や個人を想像させる、いくつもの「架空」固有名詞が登場する。狂信的に郵政改革を推進する「小沼」首相とは、私が説明するまでもなく、あの人にほかならない。また、「ムトーボウ」とは巨額の粉飾決算で経営危機に陥った、あの化粧品・繊維メーカーのことだろう。

本書の魅力は、会計士監査や当局とのやりとりのあまりにリアルな記述を通して、メディアが報じない、あるいは報じることのできない「真実」に肉迫することにある。米国の意向を受け、本書に登場するＡＢＣ銀行の息の根を止めようと、恵比寿主任検査官率いるチームが強引な銀行検査にやってくるシーンがある。

〈恵比寿が、ＡＢＣ銀行貸出企画部部長木戸を検査主任室へ呼んでいった。

「一般検査と特別検査の結果について、頭取と話がしたい。今日の六時だ。準備しなさい」

「いまから六時などは無理です。予定が入っています」

「予定などキャンセルすればいい。今日の六時だ。手配をしなさい」

「それは横暴というものです。せめて一日はないと調整の仕様もありません」

「検査の忌避をするのだな。われわれはいつでも検査忌避で訴訟する用意があるのだぞ。それでもよいのだな」

　恵比寿が木戸を睨みつけた。

「…………」

　長い沈黙の後に、木戸が苦渋の表情でいった。

「わかりました。調整をやってみましょう」

　恵比寿のいつものやり方である。〉（p81〜82）

　もちろん、それは「」（カッコ）つきの「真実」であり、一部は著者の想像の域を出ないものかもしれない。しかし、著者の長年にわたる会計監査の実務経験やディテールに裏付けられたこの物語は、私に強烈な知的興奮を与えてくれた。たとえ、公認会計士、あるいは会計監査、粉飾決算や脱税に興味がなくても、一つのエンターテインメントとして読むことができるだろう。

　しかし、私には「架空」固有名詞から実在の事件のスキームを暴き出すことが、本書の一番の魅力とは思えない。本書のそれは、数々の事件を通して語られる主人公・勝の生き方や職業観そのものにあると、私には感じられる。青臭い言葉でいえば、「正義を貫き通す生き方」である。主人公のあまりにも愚直で、会計士倫理にあふれた行動が、ある種の感動を読者に与えるのだ。

〈勝はたくさんの恐ろしい目に遭ったが、時の経営者にではなく、あるべきその会社のためを思い、知恵も出して対応してきた。〉（p8〜9）
〈勝はクライアントの経営に役立つことを通して、社会にも役立つ仕事であると会計士業務を理解して、この職業へ入ってきた。〉（p13）

もちろん、実際はどんな仕事でも、綺麗事ばかりではない。会計士たちが直面するのは、クライアントの要求と、会計上の正しさの、利益相反である。クライアントからは監査業務を請け負わねばならない。しかし、クライアントの言いなりになれば利益操作に加担することになるし、訴訟のリスクもある。会計上の正しさのみを主張し杓子《しゃくし》定規になれば、継続した受注は難しい。正義の人・勝が、そのような世界でいかに生き抜いているか。会計の世界で正義はどこまで通用するのか。まさにそれらは会計士業務と同じく「綺麗事だけでは生きていけない」私たちすべての共通関心事項でもあるだろう。

本書では、監査業務の限界にも言及し、不正ギリギリの処理についても主人公を通して冷静な視点を与えている。第四章の「月光証券会計不正スキャンダル」のところで、月光証券が、ＥＢ債の評価益を連結で取り込み収益とする会計処理をしつつも、そのＥＢ債を発行する月光ＰＩＨを連結外しする場面がある。月光証券はこのグレーな処理を主張し、その意見に勝の監査法人は押し切られる。のちに当局から指摘されたとき、勝はこのように答えている。

〈会計監査人は監査現場では、会社の財務の健全性とか、何が会社のためになるかということをいろいろ考えます。その中で議論していきます。

しかし、そんなことを考えるのはお前の役割ではない、というようなことをいう会社もあります。小さな会社だとそれまで心配してあげないといけませんが、大会社になると、そういうことは取締役会が決め、監査役会がＯＫを出せば、それまでの話になります。〉（p２１４・２１６）

メディアが報じるのは、物事の一面に過ぎない。あからさまな利益操作を除いて、その多くはボーダーライン上のもの、あるいは法解釈がわかれるものである。それを実務家の観点から暴き出していくことに、読者はミステリー小説のようなスリリングさを感じるだろう。同時に正義感にあふれた会計士たちのジレンマや悩みも伝わってくる。一つの物事は常に多面を持ち合わせているのである。今後は会計関連のニュースを読むときに、その裏を予想することもできるだろう。

しかし、である。ただ、とするならば、同時に物事のその多面性は、主人公が叫ぶ「正義」にもあてはまるのではないか。誰かにとっての正義は、違う誰かにとっては正義ではないときもある。会計士は企業を善導し、果ては資本主義国家である日本を、清冽《せいれつ》たる存在にする職業である。だが、たとえば主人公がその「正義」の一端として述べる、「国益」という言葉に違和感を覚える読者も少なくないだろう。

たとえば、郵政改革を推進する小沼首相について述べたところがある。

〈小沼さんは中曽根さんに学んだようだ。日本の国益に関係なく、米国の望むこと、好むことのみをし続けてきた。（中略）構造改革、金融改革、郵便公社民営化など、皆、米国の望んでいることだ。多分、日本の国益には関心がないんだろうね。〉（p147・148）

主人公からこのように繰り返される「国益」というもの。私は三〇代である。私の世代は心底その「国益」というものを理解することができないのではないか。「国益」を考えなければいけない、ということ自体の認識を欠いているからだ。

きっと私たちの世代は不幸なのだろう。日本という国家の「国益」なるものの重要さがわからない世代。何か不都合があれば、海外に住めばいいと思っている世代。日本に固執せず、日本人ではなく世界人であることをアイデンティティとしている世代。おそらく、私たち、あるいは下の世代に国益を問うても、その定義や重要性を即答できる人はいないだろう。

そもそも日本という国家では資本主義は、「富国強兵」のスローガンのもと、お上が輸入し下層に伝播した。かつて国益とは資本主義の発展そのものであった。多くの社会学者が指摘するように、その点で、商人という下層が資本主義を創り上げた欧米とは趣を異にする。ゆえに、国益がそのまま資本主義と「いちゃつく」という日本においては、企業利益とはお上が国益のために操作可能なものであるという思想がこびりついているのだろう。国益のための富国強兵も高度成長期も終わったいま、そのような現状に、若い世代が日本という国家に愛想をつかしたとしても、なんの不思議もない。

しかし、だからこの小説には感動できないというわけではない。私自身、大きな感銘を受けた。もし、この小説を読んだ三〇代やその下の世代が、主人公に感情移入し共感することがあるとすれば、それは趣味としての国家観に、であろうと私は思う。絶対的なものではなく、趣味として「国益を大切にしたい」という想い。趣味として「アメリカから日本の国益を守りたい」という想いである。私が、主人公の疑わぬ国益観に触れるたびに抱いた違和感は、絶対視としての「国益観」と趣味としての「国益観」の、そのような懸隔だった。

おそらく、若い世代を動かすのは、もはや善悪ではなく正誤でもなく、「これを信じたら愉しいだろう」という感情ではないか。その意味では、若い世代にとって、もはや日本は将来を「信じてみたら愉しいだろう」と思えないのだろう。ゆえに、本書を読んで感動したとしたら、その源泉は、対象物への帰依、主人公を「信じてみたい」という個人的な感情でしかありえないのである。

本書で主人公は国を憂い、国益に思いを馳せ、あるべき国家像を模索しようとする。しかし、本書で主人公が最も闘い、悩まされるのは、まさにその想い続けた「日本」という不条理なシステムであり、それに抗うことのできない会計事務所という存在そのものであった。本書の最後で、主人公がおのれの生業としてきた監査業務に対して、一つの問いを立てる。

〈四〇年近く監査業務に打ち込んできた勝の心を、セントラル時代からの様々な出来事が駆け巡った。結局、抗しようのない巨大な力に翻弄されただけだったのか。〉（p２５１）

そして、主人公はこのように続ける。

〈でも、そんなことではならない〉（同頁）

この、日本語としてやや違和感のある、それでいてたしかに伝わってくる強い想いに、不意に私は胸を衝かれた。この呻吟《しんぎん》にも似た吐露が、本書を象徴しているように私には思われたからだ。「現状はそうかもしれない。しかし、そうであるべきではない」という、相反する感情。それは繰り返し、利益に爛《ただ》れた企業と、恣意的法解釈を行う国家に挟まれた、会計士という職業人の苦悩でもあるだろう。

主人公の「国益」なるものに疑問を挟み、違和感を禁じ得なかった、と私は述べた。そして、主人公に共感するから感動するのだろう、とも述べた。ただ、この最後のセリフに触れたとき、この小説は単なる物語ではなく、筆者の人生を包含した一つの壮大な叙事詩であると、私は思うに至った。

私は、小説とその筆者のあいだに関係性を持たせて評論するべきではない、という立場である。しかし――。この吐露こそ、実務経験が長く、監査法人のトップまで務め、さまざまな矛盾と対峙してきた著者が本書を書かねばならなかった必然を表現しているように感じられた。大袈裟にいえば、著者の人生そのものが、この物語を完成せしめたのである。

本解説の冒頭で私は、現実に籠絡《ろうらく》される知人の会計士たちについてふれた。ただ、現実を前にしてもやはり、一人の職業人を突き動かすのは、ある種の青臭い想いであり、夢である。それを、その職業に就く以前だけではなく、就いた以後にも抱き続ければ、困難にも汚穢《おわい》にも立ち向かうことができる。著者が言いたかったことは、たったこれだけのことではないか。

会計士業務は、あるいは監査業務は、その性質上、雖逝《すいゆ》かぬことがある。

ただ、それでもなお、監査業務に理想を持つことはできるのだ、と。

――株式会社調達購買マネジメント取締役、調達業務研究家この作品は二〇〇七年十二月東洋経済新報社より刊行されたものです。

小説《しょうせつ》　会計監査《かいけいかんさ》

細野《ほその》康弘《やすひろ》

平成22年6月10日　初版発行

発行人――石原正康
編集人――永島賞二
発行所――株式会社幻冬舎

〒151-0051東京都渋谷区千駄ヶ谷4-9-7
電話　03(5411)6222(営業)
　　　03(5411)6211(編集)

振替00120-8-767643
印刷・製本―図書印刷株式会社
装丁者――高橋雅之

幻冬舎文庫

ISBN978-4-344-41485-3　C0193　ほ-6-1